集英社文庫

あなた、今、幸せ？

槇村さとる
キム・ミョンガン

集英社版

はじめに

槇村さとる

２００１年9月11日にニューヨークで起きた同時多発テロは、私の心にも大きな衝撃を与えた。多くの人が、現場から家族のもとへ「ただあなたを愛していると伝えたかった」とメッセージを残した。

私はそんな愛をもっているか？　私が命にかえても守りたいものは何か？　私の幸福は何か？

と考えるキッカケになった。

私にとって幸福とは、自分で感じ、自分で考え、自分で選択し、自分で表現する自由があること。それができなくなったら死んだも同然。そのためにだったら闘うだろうな、と思う。

「○○したいけれどできない」と言う人は実は○○したくない人である。現状に不満はあるが現状を変える勇気はない。「でも、でも、」と言う人に本心はない。「私」がないのだ。

子供の頃から、まわりと協調することを望まれ、親の言うことを聞く良い子で過ごし、感じの良い女性でいること、やさしい妻であり、母であることを求められ、それに応えてきた人。

誰も「あなた自身を確立しなさい」と言わない風土である。

おかげで中身は子供、なりは大人。いつもまわりの状況に流されてしまう人間があふれてしまった。30歳にもなって自分がわからないというのはつらい。社会も親もひどいが、でも、自分がつらいのは自分のせいだと気づくのは30あたりだろう。このままではいけない。変わりたい。

自分を変えていける人は勇気と希望をもつ人だ。

幸せを感じるあなたに戻ってほしい。

幸せを感じる心を取り戻してほしい。

それは取りも直さず、悲しみや苦しみを感じる心になることだ。ごまかしてやり過ごすクセを直して、さまざまな出来事に素《す》のままで向き合っていく覚悟をすることだ。

私という人間はたったひとりしかいない。

生きている。

それだけで充分、愛《いと》しい。許せる。信じられる。立って、歩いていける。そう決めることだ。

私は今、30歳ぐらいの女性に向けて漫画を描いている。私自身の暗黒時代の経験をネタにしている。少しずつ自分を認めて許して、楽になってきた。今でも、大人の女性になるという目標をもって日々生活している。道の途中だ。

大人の女になるか、ただのオバサンで終わるか。それを決めるのはあなた自身だ。

あなた、今、幸せ？

第1章
自立編

第2章
恋愛編

キム・ミョンガンのツボ●2●

第3章
生き方編

第4章 結婚編

イラスト・槇村さとる
写真・中田聡一郎

第1章

自立編

好きなように人生をセルフプロデュースする方法

自分でご飯代を稼ぎたい、それが私の自立の第一歩だった●

私は早い時期から「自立したい」という気持ちが強かった。高校生の頃から作品を描いては、片っ端から出版社に持ちこんだ。普通に学校を卒業してOLというまあまあラクな仕事につくか、という選択もあったけど、具体的な希望は漫画しかなかったし、それなら自分でガンガンいくしかないと思っていた。身近にあった希望だったから一番取っかかりやすくて、はずみもついたんだと思う。16歳でデビューした。でも、すぐには人気は出ませんでしたネ。

私の「自立したい」という気持ちのベースは「自分でご飯代を稼ぎたい」ということ。だから、高校を卒業してOLになった。ご飯代を稼ぐことじゃなくて、いい作品を描くことだけが目標なら、ＯＬにならないで「お父さんお金ちょうだい」と言って実家でずっと描き続ける人もいるだろうし、「夢をかなえたいから資金をちょうだい」と言って援助してもらう人もいるだろう。でも、私はそれが一番したくなかったことだから、漫画がダメそうならお金を稼ぐためにＯＬになる、それしか道がないんだからなる、という選択だった。

時計メーカーに入社してデザイン課に配属された。ＯＬといっても一般事務ではなく、図面をひいたり絵を描いたり、すごくフリーな仕事。事務系ＯＬより全然ラクだけど、それでもやっぱりツラかった。普通のＯＬ生活だったら絶対務まらないし、志望もしない。もともと向いていなかったということも当然あるし、なんだか割に合わない感じもしてツラかった。

ホントに割に合わないよ。今だって、お勤めの人はかわいそうだ。給与明細にプリントしてある額面が25万だとしても、税金だなんだってどんどん引かれて手取り19万。9時～5時、週5日でこれは何!?

年代ごとの曲がり角で、近い将来のビジョンを考えている●

若い時は夢中で、やらなきゃならないことは多いし、できないことも多いしで、夢もた

くさんあった。中でも明確だった希望は、

「人気が欲しい」「安定したい」「お金持ちになりたい」

……すごくハッキリしている。漫画界で生き残るぞ！みたいなカンジだ。

20代の頃は仕事とアシスタントさんたちを養うことが日々の目標で、それをこなすのが精一杯。少し先のことを考えて、「こういうふうになりたい」と思うようになったのは30代になってからだ。

30歳あたりは揺らぐ年齢。外圧もちょっとキビシイ時期で、どうやったら乗り越えられるだろうと考えた時、少し先の自分を設定し、それを目標にしようと思った。

当時は仕事が断れなくて、来る仕事は全部うけていて大変な目にあっていた。だから、「35歳になったら断れる私になりたい」と決心した。

30前後になると、売れる漫画家はホントに売れに売れて仕事漬けになってしまう。そのせいで倒れた人、発作を起こした人、耳が聞こえなくなった人――がまわりにたくさんいたから、これはヤバイと思った。私もそれまでは、いったん仕事を断ったら二度と来なくなるような気がして絶対に断れなかったから。でも、ダウンしたら元も子もないでしょ。

その後は年代ごとの曲がり角に来るたび、10年ぐらい先のことを考える。「どういう40歳になろう」とか「50歳ってどうだろう?」と考えてきた。

子供の頃は「30歳って大人！」と思っていたけど、実際に30歳になってみたら全然、赤ン坊。じゃあ40歳になったら大人になろう。40代こそ一番ステキな年代。でも、実際に40歳になると「やっぱり50代でしょう！」ってネ。

こういう考え方ができるようになったのは、精神的にゆとりが生まれたから。30代で自分の中に少しおちついた部分ができてきたからこそ、40代は？50代は？と考えられるようになったんだ。

30代の頃は、雑誌で見かける「自分より年上だけどステキそうな人」が気になり始めた。「えーっ、この人40なの？　すごく可愛いのに」という人を気に留めたり、いろんな40歳に注目したりして、「こういう自分になりたいな」と私なりのイメージを描いた。

昔はインテリっぽい女性が好きだった。自分にないものという気がして。いつしか、そういう人たちの裏側まで見えるようになって、インテリだからいいってわけじゃないのか、なあんだと思ってからは基準が変わった。

今は「スカッと抜けてる、いい感じの人」に注目してる。

「何が好きかわからない」という気持ちが私にはわからない●

これがしたい！という明確な目標があるのに、なかなか実現までこぎつけられない。そんなところで迷ったり足踏みしたりしてる人たちは、とにかく好きなものから離れないほうがいいよ、と言っておく。

だけど、ちょっと考えてみて。

「好きだ」と口では言ってるけど本当に好きなこと？　流行《はや》ってるから好きだと思いこんでるだけじゃない？　そんなふうにシビアに見極める必要があるし、心底から好きじゃないといずれは離れてしまう。

キムさんに、

「好きなことがわからない人っているのかな？」

と聞いたら、

「絶対いるよ」

と答えられて、うひゃっ、やっぱりそうなんだと思った。私は小さい時から好きなことしかしてこなかったから、「自分が何を好きなのかわからない」という人の気持ちがつかみにくい。

絵を描くこと以外にも好きなことがたくさんあった。幼稚園の時はバレエが好きで教室を覗《のぞ》きに行ったけど、全然、縁がなくて、バレエの絵を描いて気を済ますしかなかった。

大人になってからバレエを習ったけど、やっぱり縁はなかった。

ほかにも好きなことはあった。でも、向こうがくっついて来ない、こちらもうまく近づけない、という縁もあるよ。

漫画に関しては危うい時も当然あったけど、運もあった。

デビュー当時の危機的な状況の時には編集担当のチェンジがあって助けられ、低空飛行でもなんとかヨレヨレしながら描き続けた。おかげで、あきらめに着地しないで済んだ。

その時の担当は、すごく度胸のある編集者だった。どう育つかもわからない新人になんでも描かせてみてくれた。少女漫画のワクにはまらないものも描かせてくれたので、自分の可能性を試せた。この人との出会いはラッキーだった。

まず本人が何かを本当に好きであることが基本。あとは才能と運の問題。それでやっと好きなことを仕事にできるというわけだ。「好きなことを仕事にしよう」という雑誌の見出しを見るとタメ息が出る。そうそうカンタンなことじゃないヨ、と。

「好きなこと」を見つけるために、9歳のあの頃へ戻ろう●

「自分の好きなことがわからない」というのは少女漫画の大命題でもあるけど、わからない人は、まず自分自身に聞いてみよう。

「小さい時から好きだったのはなんだっけ？」

「5年前、好きだったけど、あきらめちゃったものは何？」

というふうに、過去へ戻らないことには本当に好きなものが見つからない。人間、突然、降って湧《わ》いたように何かを好きになったりはしないものだから。

子供時代にはなんらかの伏線が張られている。とにかくお裁縫が好きだったとか、セーターを編むのが好きな子だったとか、ミシンを思い出して「そうか、これだった！」と、いきなり目標が明確になることもある。

友達とこういう話をした時に、自分が好きで集中できるものがわかってくる年頃は、

「やっぱり9歳あたりじゃない？」

という結論になった。その年頃は、まだ世の中のシステムがわかっていないから、割と純粋に好きなものに没頭できる。その時点で家族が注意してサポートしていけば、案外いい線いけるんじゃないか。

9歳の頃の私？

――それは「漫画博士」。

……って、いったい何？　どんな博士よ？

小学校3年生の時に松田先生という男の先生がいた。

「みんなの前で研究発表して、承認されれば博士号を出す」と言う。それで、私は漫画博士になったんだ。

絵を描くことでチャレンジして勲章をもらうのは、それが初めてだった。今でも覚えているからには、よっぽどうれしかったんだろう。バッジがもらえたわけでもないんだけどネ。

小学生の時はクラスに漫画の上手な子が何人かいて、クラスメイトに「描いて」って言われたり、描ける子と取り替えっこしたり。「ありがとう」と言って交換するんだけど、内心では「ヘタクソ！」「勝った！」……そういうことも実は大事なんだよね。

子供社会の中での初めての闘い？　親に描いたものを見せたり、友達とのやりとりを話したりした記憶はないから、親と一緒にいる時の「子供の私」とはちがう私だった。

小さい時の記憶をたぐって過去へ戻って考えてみるのもひとつの方法。

子供の頃から好きなことがハッキリしていて、よそ見しないでそれを仕事にした人は、一本道で迷わなかったぶん話が早い。成功するにしても挫折《ざせつ》するにしても。何本もの分かれ道を前にあれこれ迷いすぎる人は、子供の頃からなんでもこなせた器用な人なのかもね。

就職活動している子たちに聞くと、志望先がマスコミ、航空、商社、通信と業種もバラバラで、有名企業だけ手当たり次第だったり、職場環境や福利厚生が整っているところばかり狙《ねら》っていたり。

そういう子は男性に対しても、ずっと理想を追い求めてしまう。自分が使える道具になれるかどうかという判断基準ではなく、「世間的に知名度の高い会社」「世間から見てもステキな男性」「世間でカッコいいと思われている仕事」に選ばれようとしている。

こっちは「世間的に」なんて発想が元からないし、これしかできないから選択のしようがない。つまり、「これ以外、選べない」というレベルまで突き詰められれば、それが結論になる。不器用の勝利っていうドンデン返しもある。

「仕事」を考える時、もしかしたら「好きなことを仕事にする」とか「好きなことで生きていけるのが理想的」という思いこみが強すぎるのかもしれない、ということも含めてじっくり考えてほしい。

好き、才能、認められる、の三点全部そろった仕事につける人はまれ。そのうちの一点でも満たしていれば考えてみる余地あり。現実的に。

親の意見をどこまで許容するか

結婚は誰のためでもなく自分のためにするもんだ、ってわかってる？●

私には信じられないことだけど、親の言いなりで一生を過ごす人がいる。中には、

「いつまでもシングルでいると親に心配かけるから」

「親が結婚しろとウルサイから」

という理由で、すすめられるままに結婚する人もいる。でも結局、何年もたたないうちに別れちゃった、というケースも多い。

東京で働いていたある女性は、仕事が楽しくてたまらない様子で、すごくハツラツとしていて、会社の後輩も憧れるような存在だった。それなのに、「親のために」と言って故郷へ戻って結婚し、2年でダンナがイヤになって「自分のために」離婚した。仕事がイヤ

になったのならともかく、ちゃんとバリバリ仕事してたのに、なんで結婚なんか考えちゃったんだろう?

要するに、彼女は精神的に自立していなかったということ。不安な心理状態だったところに親からガッと意見が入って、「それもいいかも……」と思って結婚してみたら、ちょっとコケたっていう話。

彼女は地元にとどまり、なんとか職を得て、また働いて自立している。根本的に仕事に向いているということでしょう。自分に何が向いているのか、どうしてわからないんだろう? ともかく2年で結婚やめられてよかったよ。離婚後は自分のために生きているんだったらいいと思う。

自分の中に「結婚しないと一人前じゃないのかも……」という弱い気持ちが、きっとあったんだね。そんな社会の風潮にしばられないで、もっと早く「私って仕事向いてんじゃん!」と自覚していたら行動の仕方もちがっただろうに。まして、こんな時代に仕事を一回手放しちゃったら、あとが大変だということをよーく理解しておくべきだ。

言っとくけど、人間が一人前かそうじゃないかは結婚とは関係ないよ。子供産んだとか育てたとかとも関係アーリマセン。

「価値ある人生を生きよう」と決めている人が一人前の人。

●「親の面倒をみる私は良い娘」という勘ちがいが不幸のモト●

結婚を否定するわけではないけど、その予定もなくて親と同居している人たちの中に、

「私が親の老後をみなくちゃしようがない」

と思いこんでる人がいる。

「親の面倒をみなくちゃならないから恋愛もあきらめてる」

と言う。ホントにそんなに親が好きなの？　自分よりも男よりも親が大切？

「親の面倒は私がみなきゃ」

と娘が言ってくれたら、うれしがる親がいるかもしれないけれど、逆に、

「失礼しちゃうわね！」

「この娘、どうかしてんじゃないの？」

「育て方まちがった！」

と言う自尊心のある親もいると思うんだけどなァ。少ないの？

パラサイト娘は「仕事が忙しい」を理由に家事全般を母親に任せっぱなし。母親はなんでも娘の判断を仰いで夫代わりに頼る。そんな母娘は立場が逆転しちゃってるんだ。ずっと一緒に暮らしていくつもりなら、お母さんのことをもう一度しつけ直すべき。依存され

て困るところは「困るよ」とハッキリ言っておかないと、自分にステキな愛人とか恋人とかができたときにホントに困るでしょ。

こういう人たちは、

「私って親を大切にする良い娘なの」

と思いこんでいるか、思いこもうとして良い娘の役割を演じているかだ。もちろん悪い子だとは思わないけど、「ああ、良い子だね」で、はいオシマイ。でも、

「あなたは自分自身の幸せをどう考えているの?」

と意中の男性に聞かれたら、なんて答える?

「え? お母さんを大事にすることかなぁ」

なんてズレたこと言うの? あなたのことをステキだなと思う男の人が現れたとしても、親にばかり気を取られていたり、自分が恋愛できない理由を親のせいにしたりしていると、

「この人って自分の幸せはどうでもいいと思ってるんだ」

と受け取られて相手にもされなくなる。自分を幸せにできない人は、ほかの人のことも幸せにはできないからね。

今どきの孝行娘にとっては、母親が情けない愛玩犬《あいがんけん》――小さいチワワみたいな存在になっている。親が自分の庇護《ひご》の対象になっているというのはアダルトチルドレンの典型だ。

いつも良い子でいようとして、なんでも一生懸命にがんばっちゃう、親の面倒もみちゃう。そのうちに自分の素直な感情が出せなくなり、いろんなところで破綻《はたん》をきたしてモテない人になっていく……。

このままじゃダメだ！と気がついた時にはバッサバサの39歳……とかさ。さぶっ。

そういう人たちは親のことを悪く言わないし、言えない。客観的に見て、

「いくらなんでも、その親ひどいよ！」

と言っても、

「そんなことない、うちは普通」

と言い張る。こっちが何回、

「どう見たって普通じゃないよ」

と言っても聞く耳はもたない。すげぇ頑固。つまり自信がない。

〝チワワ母〟のように弱い（と思いこんでいる）存在とセットになっていることで、なんとなく世間にも言い訳が立つ。パラサイトにしても、そういった〝言い訳〟と同居しているから脱出できない。

結局、親も子も甘えているんだよね。甘えを使っての関係しかつくれない。そういう女性がとっつかまえる男の人も、すごく甘ったれの男の子。

「この人は私がなんとかしてあげないと……」

というタイプの男に引っ掛かって、ひどい目にあう確率がぐーっと高くなる。彼氏のほうにもおうちがベッタリくっついていて、家と家のすごい関係になりがちだ。ゲロ。

ベッタリ母娘の共依存が、ヘンな大人を増やしてるゾ●

最近では、私たちが知っている「反抗期」というものがない。反抗期は、まず親への反《はん》撥《ぱつ》があり、そこから脱出したいと葛藤《かっとう》する自然な状態だと思うけど、反抗期という壁も発生せず、子供のままズルズルいってラクだしーっという人が増えている。

親子といっても人間対人間だから、あれこれ指図されれば、「これ以上、干渉しないでよ！」と拒絶するのが普通の感情なのに、就職も、結婚も、子育ての時期に至っても、親から言われるままに過ごす人がいる。

その人たちは、いつ本当の「自分」が誕生するんだろう。一生ないのか、それとも親が死んだ時か？

きっと反抗期は30歳ぐらいまで遅れているんだ。経済的に独立しないと何も始まらないから、ともかく、何歳になってても親の居場所から離れるのが、一番手っ取り早い自立への近道。

それから、ベッタリ一卵性母娘も困りものだ。

娘が30を超す年齢にもなっているのに毎月お小遣いを与えているとか、残業で遅くなるときはずっと寝ないで待っているとか、ひとり暮らしすると言えばマンション買ってやるとか……、子供がいいトシしてても庇護の対象にする。そこまで親が面倒をみてしまうと、いつまでたっても娘は自立できない。

これは、我が子に対するやさしさとはまったくちがう。ペットならいいけど、人間の子に対するやさしさじゃない。ペットだったら最期まで看取《みと》れるし、死ぬまで責任もって面倒みてあげられる。でも、人間の場合は別人格なんだから、その人の意志というものがあるはずだし、あるべきだ。だいたい親のほうが先に死ぬ。先に死ぬ者の責任として、子供を一人前の大人にして家から出して自立させるのがやさしさだろう。

母親に甘え続けている娘は、社会に出たところで一人前の仕事なんてできやしない。自分の都合ばかり押し通して、家庭でのワガママが会社でも通用すると思っている。

そんな娘に育てちゃう母親は、専業主婦・働く主婦の区別なく存在する。子育ての段階で見事に社会性を失っていて、自分の愛情表現や自己満足を何よりも優先させてきた結果だ。普通は子供が成長していく段階でいろんな欲求が出てくるから、子供自身の反応もだんだんちがってくるはずなのに、そういう信号をまったく読めない母親たちがいるってワケだ。

ベッタリ母娘はたたきつぶさなきゃダメ！　ますますコドモじみたヘンな大人を増やしちゃうだけじゃないか。ヤダヤダ。

〝開き直りパラサイト〟で安定する生き方もあるサ●

パラサイトから脱出できない人たちが理由に挙げるのが、

「親が許してくれない」「お金がない」「勇気がない」

――こんなのは単にやる気がないだけの話で、理由とも言えないレベルだ。親と子が甘え合っていられる間はいいけど、親が死んだらどうするの？

実際、「このままだと将来、先細りになって、エネルギー値が下がるような気がして不安になる」というのがパラサイトの人たちの悩みだ。

ある雑誌の企画で、こういう人たちを対象に「ひとり暮らしのすすめ」を説いてほしいという依頼があった。私は思わず、

「そんな理由しか思い浮かばない人たちは、ひとり暮らしなんてしちゃダメ！」

と答えて編集者をあわてさせたが、ひとり暮らしは誰かにすすめられて始めるものじゃない。必要に迫られて、どうしようもなくなって実行するもんだ。

親の家に間借りしているパラサイト娘が、そこに彼氏を引っ張りこんで同棲の挙げ句、パラサイト夫婦になってしまうケースもある。彼との恋愛は終わって彼は出て行ったけど、妊娠していたからって実家の娘のままで赤ン坊を産んじゃうというパラサイトマザー（？）も、実はけっこういるのだ。

平安時代に逆戻り？　日本古来の通い婚《かよいこん》スタイルか？

ともかく、親に寄生したままの本人は、世間に向かっていっぱしの意見を言ってはいけない。発言したければ、代わりにお父様かお母様に言っていただくべきだ。パラサイトが文句を言うのは聞き苦しい。もともと、「私、天然パラサイトで一生いきまーす、GO！」みたいな人は、そもそも文句ひとつ言わないよ。

世の中のシステムが見極められるアタマのいい人は、「自立しかない」ということがわかっている。自分の恋愛や恥をさらしたり、幸せに子供を産んだり育てたりしたいんだったら、とっとと家から独立して、才能を見つけてカネを稼ぎ、親から離れて、似合うような男をとっつかまえて、よく飼育して……。そういう未来像や希望がもてる人は、誰に言われなくても自立を始めるほうに向かっていく。

それがどうしてもできないという人、本当に向いてない人もたくさんいる。たとえば、電車の中で座りこんでお化粧する子に自立を説いてもムダだよね。そういう人たちは一生、親の家の子供として生きるしかない。

技術を習得するための努力をする気もない、才能も特にないという人たちが、どうやって自立したらいいんだ？　そう言われても聞かれるほうが困る。三度のメシより好きな何かを見つけて、まっすぐ突き進んでいければ幸せなんだろうけど、

「そんなの何ひとつない」

という答えが返ってくるようでは私は降参するほかない。

昔の大家族制度のように、「ある集団の中での自分」というポジションに限定して、社会の迷惑にならないように、なるべく外には出ないこと……が、正しいパラサイトのルール。

人間は安定しなきゃ生きられないから、不安定でも、死んでも自立しろ！とは言えません。一生、何かに寄りかかって生きてください。でも、グチたれないでください。

自分のカラの破り方

不特定多数のイワシよりも孤高のマンボウになりたい●

世の中で何が怖いってイワシが一番怖い！　イワシとか羊とか集団でしか動かないヤツがとにかく怖い。イワシも一匹ならまだしも、ダマになっている〝イワシダマ〟は怖いゾ。ヤツらはひとつの生き物のように、イワシダマ全体で危険を感じて右や左に動く。

私がイワシダマをすごくイヤがるのは、自分というものを少しずつ少しずつ獲得してきた人間だからだ。もともと自尊心のシッカリした人は、特にイワシがイヤだとは思わないし、

「イワシはイワシじゃない？」

と言うだろう。かつてイワシのように自分のない生き方をしていた私は、イワシダマを

見ると無性に腹が立つ。

集団にまぎれたほうがラクだという人もいる。それはそれで生きる技術なんだろう。弱いから集団になるってわけだ。

イワシダマの一員であれば安心なのと同時に、集団だからこそ困った問題も持ち上がる。ひとつのグループだったら、なんでも同じじゃないと気が済まない人、ちょっとでもちがいがあると嫉妬《しっと》する人が出てくる。それも、すごくくだらないレベルの張り合い。

たとえばイワシダマの奥さんたちだったら、

「あっちのほうがいいピアノなのよね」「このうちはフローリングで床暖房」「あのお宅はムクのドアだ、ナントカ張りのドアだ」

どうもそういうものが嫉妬の原因になる。ダンナさんの学歴や会社のネームバリュー、子供の通う学校の名前、そんなものも。

こういうつきあい方は、相手が愛《いと》おしいけど憎い、というヘンな関係。愛おしければ「友達になって！」と体当たりしていけばいいのに、メチャクチャな意地悪したりシカトしたり。くだらなくて陰湿だ。

イワシでいれば安心という部分には、そういうイジメも込みだということだ。そこから脱却するのはカンタンなのに、どうして、やらないんだろう？

「私はもう子供ではありません、大人になりました」

と宣言してしまえば、みんな相手にしなくなる。でも、孤立も怖いからできない？　主婦なら、近所で自分のうちだけ浮いていて、公園でもうちの子供は遊ばせてもらえないとか、あいさつすら無視されるとか。ＯＬだったら、みんながランチへパーッと行ってしまい、ひとりだけ置いていかれるとか、アフターファイブの飲み会には自分だけ誘われないとか。そういうことを恐れている人が多いのだろう。

そんな恐怖を感じるのは、「世間と同調できる人が良い人」という思いこみが前提にあるから。自分で前提をつくって自分をしばるのはつまらないよ。

もちろん、

「私はイワシダマの中にいるのが幸せだし、イワシのまま生きる！」

と胸を張って言える人はそれでいい。でも、イワシダマの中には「なぜ私はイワシなの？」と違和感をもっている人もいる。

じゃあ、なぜその集団から飛び出ようとしないの？　なぜ外の世界を見ようとしないの？

テレビを観たり雑誌を読んだりするだけでも、そこには、自分の人生をひとりで切り開いて、ふら〜っとひとりで悠然と泳いでいるマンボウみたいな人が出ている。

「あ、こんな人いいなぁ。私もイワシ卒業してマンボウになろう！」

って思えばいいのにね。

生まれ変わるんだったらヒグマがいいかイクラがいいか。……ん!?●

ある日、仕事中に生まれ変わりの話になった。一般的に、人はやっぱり人にしか生まれ変われないという世界観になっているらしいけど、

「もし動物に生まれ変わるとしたら何になりたい?」

そうしたら、アシスタントのYちゃんが知床《しれとこ》のヒグマが出てくるネイチャー番組のことを語りだした。

シャケの遡上《そじょう》するシーズンに、ヒグマが狂喜乱舞しながらバシッてシャケをたたくと、真っ赤な血しぶきが、滝が逆になったみたいに噴き上がった。これは血じゃなくて、実はイクラ。その真っ赤なのがクマの顔にベタッ、という瞬間を観たYちゃんは、

「私、生まれ変わったら、あのヒグマになりたい」

と言う。キャーキャー喜びながらシャケを獲《と》っている姿がいいらしい。そんな話を聞いて、そうかぁ、Yちゃんってそういう人なんだと思ったら楽しくなって大笑いした。

「もしまちがっちゃってシャケのほうに生まれ変わったらどうする?」

「シャケならまだいいよ、イクラの一粒に生まれ変わったらどうする?」

「イクラはまだ生まれてないじゃん」

なんて言い合って。

こういうバカ話の中にも、その人自身の考え方が見えてくるよね。イクラになりたい人がもしいるとしたら、徹底した集団志向? 皮に包まれていて、もっと安心できるから「イクラよりスジコのほうがいい」なんて言う人もいたりして……。

あなたは何になりたい?

ステップアップする時は、過去をバッサリ捨てるいいチャンス●

私の知り合いに、不要品を小型トラック一台分ぐらい一気に整理した人がいる。彼女が言うには、

「自分の〝ゴミの山の歴史〟を眺めていたら、人間ってためこみたい時期があるんだなと思った。きれいなハギレとかためこんでいて、気がついたらすごいことになってたの。買った時は『いつか使える』とか『いつか何々を作ろう』と確かに思った。でも、『いつか』はもう来ないってわかる年齢になったから処分したの」

私も自分の描いた作品が載った『別冊マーガレット』という漫画誌があって、それは当

然、全部保存してあった。ところが、20年も描いていると押入れ二つ分ぐらい占拠してしまう。おまけに古くなると紙も裏写りしてしまって、見たくても見られなくなった。

懐かしいものではある、だけど、今ではジャマでしようがない。そう思ってドサッと捨てた時は心底スッキリした。捨てられなかった時期は、自分にとってホントに必要だったんだ。過去の栄光にちょっと片足乗せていた。心のよりどころ。気合いを入れないとがんばれなかった時期は、過去の成功体験の感覚が必要だった。

それがある日、急に「いらないや」と思ってバッと捨てた。それは明日に希望がもてた時なんだよね。

「明日のことだけ考えよう。今日から先のことだけ」

と思った途端、宝物がただのゴミになっちゃった。ある種、大人になった日、もっとハイレベルな自立に向けてステップアップできた日、そんな感じ。

「新しいことをやりたい！」

と思ったら私はすぐに取りかかるから、過去はほとんど関係なくなるんだ。

自己表現が苦手な大人たちよ、照れ笑いしていれば許されると思ってる？●

この間、スポーツクラブで20年ぶりにジャズダンスに挑戦してヘバっちゃった。先生は

私よりちょっと年上ぐらい。だから、ブロードウェイ・ミュージカル風のジャズダンスかと思ったら、シャンソンの曲をかけて、

「女っぽい曲です。イイ女ふうにお願いしますね」

と言う。

全身の力をダラッと抜いたポーズからスタートして、フッと横向いて、今度は反対を向いてフンフンってうなずいて、ハイ飛んで！といった感じでレッスンが始まった。

生徒は30がらみか、もうちょっと年上が多く、若い子はパラパラ。つまり、大人の女ばかりだったから、先生も「女っぽくね」なんて言ったんだろう。だけど、私以外の生徒たちが緊張に耐えられなくて笑い出しちゃうの。

なんで笑う？　みんなダンナさんがいたり恋人がいたりする年齢だもの、「女っぽく」でいいじゃない？　先生しか見てないんだしサ。彼女たちは自分の中の女らしさを表現することに、なぜかものすごい照れがあるようだった。

私は誰かに何かを教わる場所で、笑ったり私語を交わしたりするのはなんたるもの！と思う性質《たち》で、そういうところは体育会系だから「オマエら――っ！」と思った。恥ずかしいんだろうけど、子供もいるような年齢の人が照れててどうする？　実は中身はおぼこいのか？

そういう場に慣れていないだけかもしれない。だけど、いわゆる40代の女だったらエレガントなワンピースとか、リアルファーがいいとか、どうでもいい情報はよく知っていて率先して身につけるくせに、ダンスの先生に、

「振りはあげますから、自分の女らしさを自由に表現してください」

と言われると、途端に恥ずかしくなっちゃう。これにはちょっと驚いた。

それで、私は小学生の時のフォークダンスや創作ダンスのことを思い出したの。私は踊る授業が大好きだった。跳び箱より全然好き、遠投なんか大嫌いだったけど、ダンスの授業はすごく楽しく踊っていた。そうしたら、端に控えている同級生の女の子たちがクスクスって……。その笑いに違和感があったから、「私は笑われたんだ」というイヤな感じがいつまでも残った。その時のことを思い返して、みんな恥ずかしいんだと理解することにしたの。

一般的に「年配の男は愛情表現がヘタだから女が不満をもつ」って言われがちだけど、実は女の人も自分自身をうまく表現できない人が多いんだね。ニヤニヤと照れ笑いを浮かべて、その場をやり過ごそうとする。でも、自己表現できない人は自己実現もできないよ。恥ずかしい、照れくさい、そこを乗り越えて自分のことをさらけ出したら、ずっと自由になれるんだ。

ジェンダー（社会的な性的役割）よりセクシュアリティ（性的特質・性的能力）を表現いたしましょうよ。

自分を見つめるための旅は、うちにいてもできるよ●

旅は〝今〟が幸せじゃないとできない。私が言うんだから、旅といっても海外のリゾートや国内の温泉というフツーの旅じゃない。自分の内面を見つめる旅。

仕事がオフの日、夏なら冷たいハーブティー、冬なら熱いコーヒーをいれて、リビングのお気に入りのソファにおちつく。空を眺めながらボンヤリと飲んでるうちに、これからのことをふわふわ考えて楽しい気分になったり、過去の自分をしみじみ思い返してみたり……。

そんな時間はすごく幸せ。こういう幸福感は幸福の究極の姿だ。今ここに生きていて、自信のある人でないと、こういう旅はなかなかできない。

「私は不幸だ不幸だ」という気持ちしかない人だったら、過去への旅なんかしんどくて絶対できないだろう。不平や不満ばかり抱えている人は、実際の旅行に出かけたとしてもスケジュールでいっぱいに埋めてしまう。今日はアレして次にはコレして何時何分にバスに乗らなきゃと、たたみかけるような予定に自分を追いこんでしまう。そういう人は、ポカッと空白ができるとすごく怖がる。

私は想像力の中、記憶の中へよく旅をするから、現実的に、

「今度の休暇はどちらへ？」

と聞かれたり、キムさんが「山がいい、海がいい」と言ったりしていても、ボ——ッとしちゃってノリの悪い反応しかできないことが多いの。

自分はどんな人間なのかを見極めて、これからどう生きていきたいかを考えるには、まず等身大の自分を見つめることから始めなきゃ。そのためにも、心の旅は大切。

ひと晩中、自分の内面を見つめ続け、35歳で私は生まれ変わった●

「生きていく自信」という手応えを感じたのは35歳の時。それまでも、仕事をやる自信や編集者とやり合う自信はあった。反面、いろんなものが手に入って、いろんなものを着倒《きたお》して、歩いていてイイ男に会ったら拾い食いして、人間としても女としても失敗した。

なんで失敗したんだろう?と考えるたびに、みんな相手が悪かったんだと思い、なんでも他人のせいにしてきた。そんな私が35歳になって、それまでの自分からすっぽり抜け出るように生まれ変わったんだ。

その日、親から性的虐待を受けた少女の話を漫画で読んだ。夜になっても、なんとなく

寝つけない私の頭の中で、私ともうひとりの私との対話が始まった。

23年間、忘れようとしても忘れられず、でも、真っ向から対峙《たいじ》することを避けてきたひとつの事実——父親からの性的虐待。本来なら助けを求めるべき相手が、私をズタズタに切り裂いたこと。それを封印していた記憶の引き出しから全部、引っ張り出してきて、私は対話し続けた。

性的虐待の被害者。外からは見えない傷を背負った12歳の時点から、私は何をしてもどこにいても、心から楽しむということができなくなった。

人を愛するということが全然わからない。男という性に対して恐怖と憎悪と軽蔑《けいべつ》を感じているのに、セックスに執着する。誰かにそばにいてほしくてたまらないのに、近づく人を拒絶する。甘え上手な女たちを見下しながら、横目で甘えられそうな人を探し求めていた。

その代わりに、私は早い時期から自立心を養い、自分で生きていく術《すべ》を手に入れた。仕事依存症ともいえるほど仕事に没頭したおかげで、財布の中身を四六時中、気にする必要もなくなった。ごく普通に生きている人々に比べて、すさまじい葛藤を何度も何度も経験してきたせいで精神的にもタフにはなった。

それでも、いろんな壁にぶち当たるたびに、

「アンタのせいで私は」

という怒りが必ず頭をもたげた。父親を呪っても恨んでも、私の心が晴れることはなかった。

そうなんだ。

私は被害者意識のかたまりになっていて、自分の心を仮死状態にして生きてきたことに気がついた。踏みにじられても耐えるしかなかった12歳で止まった時間。私の心の中に存在し続けているのは、ヒザを抱えてうずくまったままの少女の姿。ずっと見つめるのが怖くて目をそむけてきた私の本当の姿が、そこにあった。

ドロドロの感情が全身の毛穴から噴き出した。ひと晩中、自分の内面を覗きこみ、事実を直視し、考えて考えて、そうして私は自分のためだけに、自分のからだから振りしぼるように涙を流し続けた。

暗闇《くらやみ》から光の中へ。昨日から明日へ。

翌朝、私のまぶたはボコボコにはれ上がっていた。でも、鏡に映ったその顔には、新しい世界へのドアを自分で開けた、生まれ変わった私の自信と希望が覗いていた。

どうしても自分の環境が愛せない時

若さは中途半端で苦しいもの。だから二度と戻りたくない●

両親が離婚してからは、中学生にして、それこそ毎日が専業主婦生活。私は父親の奥さんじゃないんだし、こんな生活なんて一刻も早く返上したい！とすごく思っていた。父親のことは「こういう、しようもない人」と無理やり解釈して、とりあえず自分の中で合理的に処理していた。身近にいる人間だから、そうでもしないとたまらない。父親をどうしようとか、どうしたいとか思わなかったし、ただ冷ややかに見ていただけ。

それよりも何よりもまず自分自身がイヤだった。何ものにもなれなくて、半端な自分。環境から何から含めて考えても、中途半端な自分が一番イヤだった。

ときどき、「若い頃に戻りたいわ」なんて寝ぼけたことを言う人がいる。そういう人は、若い頃、本当に幸福だったんだろう。いいよなぁ、そんなふうに思えるなんて。私は絶対、戻りたいとは思わないもん。恥ずかしいばっかりで、なーんにもできなくて、生意気しか言えないし、素直さがないし、苦しいし、なんのあてもなかった。何かやってはみるけど、すべてカラ回りしている気がする時期。誰でもそうだろうけど、やっぱり一応、世に認められるまで中途半端は苦しい。

「子供の頃に戻りたい」と言う人は、子供だった時期のように庇護されていたい、安心していたいという気持ちの裏返し。「若い頃が良かった」と言う人は、とにかく若さと美しさみたいなものに異常に執着する人。

自分のピークが昔にあるという考え方はすごくイヤだ。今、自分がここに存在しているのに、「あの頃は良かったわ」とか「今の私は本当の私じゃない」なんてメチャメチャなことを思ってる人ってイヤだ。そんなに今の自分を否定したら、今日を生きている意味がないよね。

愛と憎しみのふたつを一緒にもっているってヘンですか?●

お父さんを憎んで絶対許せない気持ちと、お父さんへの感謝の気持ち、その両方を私はもっている。

私が小学校6年生の時、母が家から出て行った。その日から父親と弟と私の三人家族になった。弟は病気で入退院を繰り返し、父親は母のことをののしりながら、激情に駆られては私をしかったりなぐったりした。愛しているからお父さんはなぐるんだ……。私は暴力を親の愛情だと思いこもうとした。そうでもしなければ、当時の私は生きていけなかった。

母はやさしい人だった。家の中はいつも清潔、私の着るものは母の手作りで、とてもハイセンスだった。その母がいなくなり、私は学校と部活と家事に明け暮れた。弟は父の暴力に耐えかねて、私が高校生の時に彼ははだしのまま家を飛び出し、その後5年間、消息を絶った。

「俺が食わせてやってる」それが父親の口癖だった。自慢話に説教の嵐、そして暴力。12歳の時、私は父親から性的虐待を受けた。それは、なぐられることなど比較にもならない、ずっとずっと深くて暗い恐怖だ。殺してやりたい……。でも、自活できない12歳の少女は屈辱にまみれて自尊心を失い、自分のことを生きていたってしようのないクズだと思いこんだ。

それから23年がたち、私は生まれ変わった。とらわれ続けていた性的虐待の記憶はぬぐい去ることはできない。だけど、被害者意識からは自分の力で脱出できる。

37歳の時、父親に私がそれまで抱えていた憎しみと苦しみを初めてぶつけた。しかし、父親の答えは「覚えてない」だった。そして、手を振り上げたのは私のほうで、年老いた父親は私になぐられるままだった。

その後、父親とは疎遠になったけど、この人がいなければ今の私は存在しない。私は自分を肯定し、愛せるようになって、昔の記憶すべてを認め、父にも感謝の念をもつようになった。

あるインタビューで、

「なぜ、その両方の気持ちを一緒にもっていられるんですか?」

と聞かれたことがある。それは「両方もってるんだもん」というだけのことであって、どちらかひとつでなければ耐えられないということではまったくない。私は全然、平気。

いつだったか、キムさんが、

「あなたはイヤがるかもしれないけど、あなたがもっているからだの力、丈夫さみたいなものはね、本当にあなたのご両親からよくもらってる。こう言われるとイヤだろうけど」

と言った。私は、

「全然、イヤじゃないよ」

と答えた。丈夫に生まれついたことに関しては、本当にありがたいと思っているから。

故障もなく描けるのはこのからだのおかげ。だから、普通の人よりずっと親の遺伝子に感謝している。よくぞこの遺伝子の組み合わせで私を産んでくれた、という部分でね。

でも、それと性的虐待という犯罪行為に関しては別。絶対に許せないという気持ちをキチッともっている。だから、

「どうやってふたつもてるんですか?」

と聞かれてもなぁ。

よくよく考えてみると、ふたつに分けられたからこそ一緒にもっていられるんだと思う。これがひとつに混じり合っちゃうと、愛しいけど憎い、憎いけど愛しい……そんなふうに、ずっと葛藤し続けて消耗するから、もちたくたってもてない。

自分にとって良い事と悪い事をきちんと区分けしておけば、どんなことでも片付けられないものはないんだ。

執着を断ち切ったら、欲しいものが向こうからやって来た●

仕事がすべての頃、私のまわりはアシスタントの女の人たちばかりだった。家の中は、東南アジア的なウニャウニャやってる家族の住まい、といった雰囲気で居心地よかった。

当時の私にとって、男の人とは外で会うものという感覚だった。

本当の自分の家族は家族だと思っていなかった。両親の離婚後は、父と弟と私でバラバラの方向を見ているような日々を送ったせいか、家族の実感がなかった。そんな環境が、ある意味では私の自立をうながしたともいえるけど、実は家族が欲しかったんだ、と気がついたのはごく最近のこと。

女だけのニャゴニャゴした幸せ家族という感覚では、仕事を進める上でもうまく機能しなくなってきて、運転しくじったと思った私は、会社という別の集合体に変化させた。女たちの家族は私にとって理想のかたち、ひとつの夢だった。なのに、あれはウソっこだった、フェイクだった、そう認めてあきらめなくちゃ……。

あきらめる時ってすごくキツイよ。悲しい。くやしい。涙出た。あれほど一生懸命やってきたのに――っ。

それでもキッパリみんなのことを切り離したら、あとに残ったのはネコ二匹と私。その時、ああ私は家族が欲しかったんだ、その役をみんなに振り分けて疑似《ぎじ》家族で間に合わせていたんだ、とようやく現実を理解した。

何もかもなくしたと思ったその1週間後、キムさんと出会ったの。だから、キムさんは飛んで火に入るナントカ？？？ 不思議なタイミングだったことは、あとになってから気がついたけど。

執着してガ――ッとつかんでいるものを潔《いさぎよ》くパッと手放して、いったん手の中をカラッポにしないと、次に欲しいものはつかめない。

仕事とどう向き合うか

チャンスをくれる人には最大の努力で応えたい●

漫画家としてデビューするまでは、ただ描くことが好きで、嫌いにならない程度にいつも描き続けていた。中学3年生の夏に『りぼん』という漫画誌に投稿し、努力賞をもらった。賞金5千円。初めて自分で稼いだお金だった。

投稿を繰り返して徐々に評価されるようになると、それが具体的にお金になって、うまく仕事につながっていけば、イヤなことの数々が変えられるかもしれない。そう思ったから勢いがついた。だから、いきなり才能が開花したということではなくて、がんばれる場所ができたという感じだった。

高校1年生の時にプロとしてスタートしてからも、描くことが好きだという気持ちは絶対変わっていないし、ずっと捨てはしない。だけど、仕事は相手あってのものだというのがだんだんわかってくる。いくら自分がいいと思う作品を描いたところで、相手に受け入れられなければ一円にもならない。

仕事としての漫画ってなあに?という命題が生まれてきて、それに自分が追いつけない、追いつけなきゃダメなんだから漫画家は続けられないかもな……と沈みこみそうになったことがある。その時は、

「ダメになったらどうしよう、結婚かな」

と、今思えば非常に情けないことを考えていた。

それが今まで続けてこられたのは、支えてくれた人がいたから。普通は、描き手が何も描かず、作品を持って行かなかったら忘れられてしまう。それでオワリだ。ところが、20歳前後の頃は当時の編集担当の人が「なんか気になるな」と思って定期的に連絡をくれて、

「まあ、できなくてもいいから会いましょうよ」

と言ってくれた。会えば会ったで、

「今度はこういうテーマで描いてみましょうよ」

と言う。そんな人がいたからこそ、なんとか描き続けられたんだ。

いくら好きなことだからって、仕事としてやっていくには楽しいことばかりじゃないし、

むしろツラくなる時のほうが多いのは当然。そんなキツイ時に、自分に差し伸べてくれる手には精一杯の努力で応えること。

調子の良い時よりキツイ時のほうが大事。おちついて、腹くくって、やる。

文句ばかりで一人前に働けない人って、一生一人前になれないよ●

20代に大失恋してからは仕事に生きるっきゃないわ!状態で、恋愛方面はおさびし山。当時は1ヵ月に25日働いて、あとは寝てた。プライベートがなくて、それを不思議とも思ってなかったから、かなりヘンな人だったと思う。誰かに誘われても「仕事だから」と断ったし、とにかく仕事をしたくて生活のすべてが仕事中心に回っていた。

その頃は、今まで描けないでいたテーマが少しずつ描けるようになった時期で、描くことがひたすら幸せ。だから、自分の中では一番自然な生き方だった。がんばったことに対する結果として付いてくるお金も楽しみのひとつだったけどネ。

会社勤めでお茶くみやコピー取りに追われている女の子の中には、

「OLは会社にいる妻じゃない!」

と憤慨している子がいる。

文句ばかり言ってる女の子は明日、課長とチェンジして課長の仕事をやってみれば?

きちんとこなせたら課長に昇格！　でも、そういうチャンスを与えられても「えーっ⁉」という反応するんだろうな。

今のように虐《しいた》げられた立場じゃなく、もっと自由に対等に扱われるのはやぶさかではない、どころか、とてもうれしい。しかし、それに付随する責任をこなす自信はちょっとない。実は、今のままでいたほうがラクチンだから。

なんで自動的に甘えちゃうの？

文句を言う割には、本当に深刻に考えたことないからだよね。それで、普段、深く考えていない事態が急にやって来たら、ものすごく古典的な反応をする。男とはこうあるべき、女とはこうあるべきだ。そんなものは古来、受け継がれてきた刷りこみにすぎないんだけど、スタンダードなほうがお互いにラクなんでしょ？　結局のところ、共依存の関係。

毎日、文句タラタラ言ってるヒマがあったら、三度のメシよりこれが好き！と言えるものを見つける。自分を確立する。目の前の仕事さえ一人前にできないんじゃ、誰にも認められないし、何をやってもどこへ行っても一人前にできないよ。

好きなことを本気でやるのはリスクがでかい。それを怖いと思わないで実行できるのは、才能があって認められて、「好き」という情熱を燃やし続けられる人だけだ。

好きなことを仕事にするには、それ相応の覚悟が必要だ●

「仕事でガチンコ勝負して自分を確立するなんて、そこまでやるつもりはない。だけど、仕事もそこそこ一生懸命やってるよ」

「彼氏（彼女）は欲しい。残業もすることはする。でも、遊びに行けなかったらイヤだから、プライベートは絶対、犠牲にしたくない」

「公私共に、みーんなバランスよくやるのが理想」

なんて言う人がけっこういる。

仕事も大事、プライベートも大事というのは、すごく普通の人。それに、特に何かに秀でていなくても全然かまわないよね。それで胸を張っているなら、その人の生き方なんだと尊重できるけど、「でも、これでいいのかな……」とウジウジ悩むのはカッコ悪すぎる。

そういうウジウジの人に、

「じゃあ、あなたの人生の優先順位ってなんなのよ？」

と聞くと、

「別に何かに突出するつもりはないから順位なんてない」

と答える。ヘンな均等主義。仕事に没頭してなりふりかまわず働く先輩の中に、非常にアンバランスでイヤな見本がいたのかな？

　大企業病（？）のＯＬの子が、

「結婚したらダンナや子供に振り回されちゃうから、今のうちになんかしたい」

　と言うから、私が、

「今やるしかないこと、今やりたいことを見つけてぶち当たってみれば？」

　と答えたら、

「何やるっていってもね〜、わかんな〜い」

　という反応しか返ってこない。転職を考えているという男の子なんて、

「興味のあるジャンルの会社に転職したい」

　と言うから、

「独身なんだから誰にも遠慮はいらないし、迷惑をかけるでもない。転職したいならすればいいじゃん？」

　と答えれば、

「でも、小さい会社に行ったら福利厚生が、休暇が、ボーナスが……」

なんて言う。だったら相談するなっつーの。

　あえて好きなものに近づかないというような、すごい根性すら感じる。自分や環境を変

えてみたいけど、安定しない変化はイヤだ。好きなものに近づくと振り回されて大変そうだから怖い。そういう感じ？

最近の女性誌や就職情報誌の特集には、「好きなことを仕事にしよう」という言葉がよく見られるけれど、情報に踊らされず、自分が本当にそうしたいのかどうか、じっくり考えるべき。もしかしたら婚期も何も逸しますよ、何かの引き換えに失うものも大きいですよ、それでもいいんですか？ そういうことだ。

他人から見れば、好きなことに邁進《まいしん》している姿は、変わり者のようにとらえられることもある。それも覚悟できる？ それに、何ひとつ失うものがなければ、大きな達成感も得られないよ。それも、わかってる？

ぶち当たって挫折しても、その後の人生の糧になるよ●

雑誌の特集やハウツー本に、「OLと好きなことの二足のわらじで成功！」とか「仕事もがんばって、プライベートでも稼ぐ」といったリポートが載っていることがある。記事の内容や本人のコメントと、会社でのウラ評価って一致しているのかな？

実は副業の締め切り前になると、会社の上司は「コイツは使いものにならん」と言ってるかもしれないし、同僚は「仕方ないかァ」と苦笑しつつ許してくれてるだけかもしれない。

「好きなことを仕事にしよう」というアオリ的な見出しにそそのかされても、誰もがみんなそうである必要はないし、そうはなれない。みんなが憧れるような職業は千人に一人や一万人に一人の割合という具合で倍率が高すぎるし、ご飯が食べられる域にまで達せられない世界が多いから、まずはアタックして挫折するか、そこからまた立ち上がってスタートするかだ。

アタックも何もしないで「できない」とか「なりたい」とか言ってるだけじゃ話にならない。好きなことにダ――――ッと食いついていって、ガ――――ンってやられてペチャンコになると、本当にガッカリするし、本当に挫折する。それが大事。そういう経験が生きていく上での大切な糧《かて》になる。

今いる場所にずっととどまっていたら、「私は幸せ」と思える場所は見つけにくい。明確な目標があって、それを実現させたいと思ってる人たちは、直感的に希望や目標といったものがわかる。で、とにかくやってみる。行動を起こすと、自分の目標や希望が本当に正しいのか、目的のものが本当に欲しいのか、ということがわかって修正もできる。「何がなんでもこの目標」と思いこみ、修正も反省もできず、しゃにむに突き進んでいくのは、おバカさん。失敗していく過程で学んでいけるのが人間だもの。

好きじゃないものにフラレてもあんまりショックじゃないから、その後のことは真剣に考えないよね。そういう意味でも、好きなことがあるんだったら、その世界に近づけるようにアタックしてみるのは絶対に必要。成功するにしろ挫折するにしろ、自分の意志でチャレンジしたんだという手応えがあれば、自分と好きなこととの距離が確定するし、どんな結果になっても納得がいく。

ただボンヤリと、

「なんかァ、作家とかになりたいって思ってんだけどォ」

なんていうヤツは踏んでやりたい。言ってるだけでなれるか！　一日一作文書いてみろ！

趣味と仕事はまったく別物だから、一緒くたにしないでよね●

知り合いの編集プロダクションに、コマダム（専業主婦）が、

「ライターになりたいので、いろんな出版社の編集部、紹介してくださ〜い」

と言って来た。で、そのコマダムはさらに、

「文章を書くのが好きだし、趣味的に仕事をしたいんです」

と言い募《つの》る。私の知人はキッパリと、

「趣味的には仕事はできません。相手の都合に全部合わせなきゃいけないし、休みもないですし、主婦の片手間でやっている人がいるかもしれないけど、私はそういう仕事先は知らない。子供が熱を出しても仕事をするような人にしか、この仕事は無理だと思う」

と答えたんだって。コマダムも趣味でお金をもらえると信じて疑わないところがすごいよね。

ほかにも似たようなケースがある。インターネット上にクリエイターの登録サイトがいくつもあって、その一部には登録者のほとんどがズブの素人《しろうと》で、

「プロとして書いたことないんですけど書くことが好きなんです。書かせてください」

といったライター志望者などのコメントがたくさん載っているホームページがあるらしい。

私の知り合いは、

「誰が発注するのかなぁ、こういう素人に？」

と驚いていたけど、熱意がいくらあっても経験や実績がなく、判断材料が何もないのに、仕事がやって来ると本気で思っているのか。へ――。

そういう人たちは、プロを目指していたのに何も取っかかりがないまま、ここまで来ちゃったという感じかな？　永遠にやって来ないよ、取っかかりなんて。せめて自分から原

稿を持ちこむとか、編集プロダクションに勤めるとか出版社のバイトから始めるとか、専門学校に通ったり講座を受けたりする方法もあるよね。とにかくチャンスのそばを積極的にウロウロしていないとダメ。その中でさらに淘汰《とうた》されて、プロとしてお金を稼ぐライターになれる人が出てくるというだけの話。

それが現実の世界だから、「〇〇〇〇になりたいんです」と繰り返し言ってるだけじゃ一生なれない。ハッキリとした道筋があるのに、そこに突っこまないでネット上だけに看板を出しておくなんて、実は避けてるのか？　登録することで何かしたつもりになっていて、私って前向きだわ！と自己満足的な安心感に満たされているのかな。

●習い事はあくまでも趣味のもの、仕事にする人は現場で働く

最近、フラワーコーディネートを習うのが人気らしい。何人かで出資して会社を興して、ウェディングやパーティ関係の仕事を取るのかな？　いや、そもそも起業する気なんてあるの？

仕事にするつもりなら、習い事から入るんじゃなくて花屋さんに勤めて、花の種類を覚えながら商売上の花の扱いや営業のノウハウを身につけていくよね。習うというのは、仕事とはちょっと遠い人がすることだ。

お花はきれいだけど、花屋さんは冬ならボロボロに寒くて、かじかみながら泥だらけになって働く。職業にしようと思っている人は、そのあたりが見えているのか見えていないのかで、ずいぶん意識がちがう。つまり、覚悟があるかどうかということ。

趣味の人たちが夢みてるのは、やっぱり「お金持ちのダンナさんにぶらさがってステキなホームパーティを開く図」だと思う。『家庭画報』的なミドル階級を目指して、テーブルセッティングのコンテストで賞を獲ることがステイタス。

同じように、よく雑誌でエッセイ募集をやっているでしょ。掲載された〝趣味的な〟文章を読むたびに、いつも笑っちゃう。本当に内容が軽くてビックリ。「つまんねーなー。こりゃウケん。群《むれ》ようこの読みすぎじゃないの?」というものが多すぎる。おまけに結論の行き先をどうでもいいところにもっていく。「……なのかしら。ウッフン（完）」みたいにね。これじゃ田口ランディにはなれまい。

こういう人たちは自分に感激したい人だ。「ナントカエッセイ」に載っちゃったら一生の勲章。だけど、それはあくまでも趣味の世界。趣味だと思っている人は趣味にしていけばいい。良かったね、優雅で。幸せな家庭でいいよねってカンジ。

「趣味的でいいんです」と言っている人は、それ以上ハングリーになるわけでもないし、第一線にも並べない。趣味という範囲では仕事の数のうちにも入れてもらえないし、名刺の肩書にもならないっていう現実を知らないのか？

自称エッセイスト、あやしいあやしい。

このままじゃダメ、でもどうしていいかわからない

「私には目標がある」と思っていても、実は不安なんじゃない？●

会社勤めをしながら、ほかにも何かやりたくて学んでる人たち、一生懸命に勉強してる人たちがいる。でも、がんばってるとまわりから、

「あらあ、勉強しちゃってー」

と、からかうような調子で言われ、自分が浮いてる気がするという悩みを抱える人がいる。

きちんと目標をもって行動しているつもりなのに、なんで違和感を覚えるの？

その勉強自体、迷いながら続けているから。

実は目標があやふや。自分の生きる目標じゃなくて、単なる暫定《ざんてい》的な目標にすぎない。

まあ、目標は立てないより立てたほうがいいけどサ、中途半端な目標のせいで自分が村八分にされるのが納得いかないんじゃない？

それから、習い事にいそしんでいる人の中には、

「お稽古事《けいこごと》やってます。なんとなく将来、役に立ちそうだし」

「とりあえずフラワーコーディネート習ってます」

というふうに、〝なんとなく〟〝とりあえず〟という言葉を入れちゃう人がいる。

彼女たちはつねに漠然とした不安を抱えている人。

だから、とても曖昧《あいまい》な目標を立てる。で、本当に好きなことなのかどうかも自分でわからないまま、いろんな習い事に手を出して、気がついたら単なる資格オタクになっている。

会社によっては、そこの業務に関連する資格なら、取得までにかかる費用を助成したり社内で習い事ができたりする所もある。だけど、資格やお稽古ブームが過熱していくと勘ちがいする子も現れる。

小さな会社を経営している友達がいるんだけど、そこの社員の女の子がいきなり、

「なんとなく不安だからインテリアコーディネーターの資格を取りたいんです」

と言い出したんだって。その会社の業務とは全然、関連性がないから、要するに、

「コーディネーターの学校に行くから、仕事に支障をきたすかもしれないけどよろしく

ね」

　と言ってるのと同じワケ。

　私の友達は、

「はぁ？？？　アンタ、私にケンカ売ってんの？」

　とキレそうになったらしいけど、その女の子がもし、

「私はどうしてもインテリア関係の仕事がしたくて、具体的にこういうビジョンがあって、そのためにも学校に通いたいんです。会社には迷惑をかけないようにがんばりますから行かせてください」

　と言っていたら、私の友達も「わかった」と言うしかない。それは自立だから、「それはやるべきだ」と背中を押してあげなきゃいけない瞬間だろう。

　ところが、その女の子にいくら聞いても、そういう意志は見えてこなかったって。だから、友達の怒りはすごくよくわかる。どう考えても、つかみどころのない不安を解消するために、必要かどうかもハッキリしない資格を取るよりも、今、ご飯が食べられるお金の出所を大事にすべきだよ。

　自分が中途半端な若い頃は、誰でも不安だ。だからこそ〝資格〟に目を奪われがちなんだろうけど、逆に、才能があふれているのに全然、生かせない人も私の知人にいる。

彼女は私にできないことがなんでもできる。英語がしゃべれる、クルマも運転できる、ほかの才能面でもものすごい……。いいなぁ、あんなに才能あったらなぁ、とまわりがうらやましがるぐらいにね。

でも、彼女はせっかく使えるものをいっぱいもっているのに何ひとつ生かしていない。いいクルマなんだけど運転する人がいない、という感じで、すごくもったいない。

自分の能力がわからなくて資格にすがろうとしてアセる人と、なんでもOKなのに自分の人生に生かせない人。このちがいって何?と考えてみたら、才能をムダにしている彼女は自主性のない子だったことに気がついた。すごいぶらさがり根性の子で、親にも彼氏にも子供にもぶらさがりたいという希望をカマした子だった。

そう、結局、自分が何をしたいのか、どう生きていきたいのかを自分自身でハッキリと見極めていられれば、資格コレクターになったり、みすみす才能を捨てたりしなくて済むということだ。

生きていない資格って、高くついただけの単なるゴミじゃん!●

資格を取得するのも才能のうち。だけど、「なんでも取っておけばいいと思って」という理由はいただけない。「いつか使えるかも?」という資格を次から次へと取って、使わないまま終わっちゃえば単なるゴミ。履歴書に書いても、志望先の会社の業務と関係なければなんの評価ももらえない。かえって一貫性のない資格ばかり記入してあったら、人事担当も、

「あ、この人ただの資格オタクですネ」

と思うだけだってば。

資格をためこむ人は、それを心の支えにしている。だけど、好きな人にめぐり合って、

「あなたはどういう人ですか？」

と聞かれたときに、

「TOEICが750点で、フラワーコーディネーターの資格もってて、お琴と三味線の免状ももってます」

と答えたところで、その人自身の何が伝わるんだろう？

彼が聞きたいのは、

「私はこういうことに感動するの。こういう場面に出合うとすごく涙が出て……」

「こういう人や物事には、すごく怒りを感じます」

という内容でしょ。会社の部下だったらTOEICが何点か知りたいかもしれないけど、語学の点数が良くてもコミュニケーション能力がなければ役に立たない。それに、伴侶《はんりょ》だ

ったら100点でも0点でも関係ないよ。どうでもいい。

まず、資格を生かす対象がハッキリしていない。関連性のない資格をあれこれ取っちゃうのはなんのため？　誰を相手にアピールすべき？　自己満足できればいいの？　自分の不安をちょっと解消させるため？

誰に対して働きかけたいのか？　どういうふうに役に立ちたいのか？　そのために、なんの資格が必要なのか？　そこをハッキリさせてください。

資格を手にして達成感は味わえるだろうけど、同時に、外野からも「やったネ！」「待ってたんだよ」「早く使ってくれ」、そういう声がかかれば、うまい設定したなと思う。だけど、本人が達成したと思ってニコニコ喜んでいても、まわりが「はーん？」「それで？」「何したいわけ？」という反応だけだったらガッカリだ。

資格オタクぎみの人は、裸の自分では勝負できないと思っているのかな。昔は嫁入り道具の一部のようなもんだったから、資格というアクセサリーで自分を飾り立てるつもりなのか……。どっちにしても有効に使えなければ、高い買い物をしてゴミを増やしただけってこと。

年齢ワクにとらわれる前に、年齢に左右されるかどうかチェックしよう●

好きなことを目指してとにかく当たってくだけろ！といっても、年齢的なワクから閉め出されることもある。たとえば、バレエやクラシック音楽は基礎が入っていないと話にならない。これはもう親とおうちの財力次第。

バレエなら、男の子の中で本当にモノになる子は、親がバレエスタジオをもっている人か、お母さんもお姉ちゃんも踊っているといった家庭から出てくる。そうでなければ、高校生ぐらいで初めてバレエを見て「ショック！」とか「カッコいいじゃん！」と思って、いきなりバレエ団に来るヤツ。そういう子でも本当に才能があれば4年ぐらいでモノになる。

バレエにはこの2パターンしかない。でも、バレエの世界にも「いきなり入団して成功」があるくらいだから、ほかの世界だったらチャンスはもっともっとあると思う。

今の漫画界でいえば、昔の漫画の地位とはちがって、大人になってからデビューしても描ける雑誌がいろいろある。絵を描けるかどうかが大変なハードルではあるけれど、大人のほうがストーリーは考えられるよね。今は30代の読者もたくさんいるし、かえって、最初からゲームに流れる10代の読者より数は多いんじゃないかな。そういう意味では、私がデビューした頃よりチャンスははるかに大きい。

自分が進みたい業界のことは丹念に調べて、今の年齢ではまったく歯が立たないものなのか、努力によっては道が開かれるものなのか、全然トシなんて関係ないのか、それぐらいはアタックする以前に、ちゃんと知っておくべきだよ。

爆発する前に、信頼できる人を相手にセルフカウンセリング●

なかなか解決のつかない問題、いつまでたっても出口の見えないアセリや不安を抱いているときは、知らず知らずストレスが積もっていく。自分の中に負《ふ》の性質をもったものをためておくのは恐ろしい。いつの間にか、すごく大きなエネルギーになってしまう。私も以前は、自分の中に巣くうマイナスのエネルギーを持て余していた。

父親に傷つけられたという被害感情をずっともっていながら、それをおおい隠してガマンしていたから、ときどき、凶暴な気持ちがグワッと出てくる。実際に何かをたたき壊しちゃったり、そこまでいかなくても、いつか何かを破壊するんじゃないかと自分のことを恐れる気持ちがあった。物や人に八つ当たりしたり、ペットに当たったりするのがイヤなら、逆に自分をガーッとかきむしったり、駅のホームからふっと飛んじゃったりするんじゃないかと……。

そんな凶暴なものが自分の中にいるというのはわかっていた。私の場合は漫画の上で衝動的に何かをしてしまうキャラクターを描けば、ある程度はガス抜きになる。それが、描く術《すべ》も表現する言葉ももたない、話す相手もない、という状況だったら、かなり怖い爆弾に成長するだろう。

そういう時は、心理学的なワークショップに参加する方法がある。カウンセラーの庇護のもと、いろんなプレイングやワークを自分でしてみる。そのうち、セルフカウンセリングの方法がうまく身につけば、自分の中にある負のエネルギーを充満させて爆発させることも未然に防げることが多い。

今までコドモだった自分自身を大人として育てていきたいと決心しても、スイッチを切り替えるようにすぐに変われるわけじゃない。オトナコドモのまま社会をやってるから、まわりの環境や人間関係を含めて全体を変えるには、やっぱり3年や5年はかかる。

セルフカウンセリングは親しい友達をひっつかまえて相手になってもらうのがいい。でも、この間、友達にそれを切り出したら「重いよ、それ」って言われちゃった。

そこで、キムさん登場。

彼は普段とてもよくしゃべる人なのに、私が話したいことをたくさん抱えこんでいて、「聞いてよ」という顔をしているのを察してくれる。そんな時、彼は徹底的に聴き手となって何時間でもじっくり耳を傾ける。それで睡眠時間を削ってしまい、翌日はキムさんが使いものにならなかったなんてこともあった。

彼は聴き方が本当にうまい。ただ、ひたすら聴いていてくれる。私だったら片手間に何かをやりながら聴いたりしがちだけど、彼はテレビも消すし、絶対に手が何かをさわっていることもないし、彼の全部が全部、私の話を聴いてくれるからありがたい。そして、話が終わって、彼は彼の生活、私は私の生活に戻っても、キムさんは案外ずっと考え続けていてくれて、しばらくしてから、

「この間のことだけど、こうしたらどうかしら？」

と言ってくれる。語ったほうはとうに忘れていてもね。

解決は自分でつけるしかないし、答えを求めているわけじゃないから、ひたすら聴いてもらうことで安心できるんだ。そうやって自分のそばの人を相手にワークを積み重ねていくのもひとつの方法。自分の人生においては、まだ準備期間、甲子園の段階なんだと思って、大人になるためのワークを続けていこう。

友達も彼も自分からつくれない

友達がたくさんいることが幸せの象徴だとは思わない●

ある女性誌の企画で、うちの近所に住んでいる漫画家のひとりと対談した。テーマは「友達ができにくいというお母さんたちの悩みについて」。まず、担当の編集者に、「友達は何人いますか?」と聞かれて、

「私、3人ぐらい」

と答え、対談の相手も、

「ふたりかなぁ」

と言ったら、編集者が「エエッ!?」と驚いた。

話が進むうち、

「友達って本当に必要なものかなぁ？」

「そんなに友達を欲しがる人生って、アンタまちがってない？」

という流れになっちゃって、編集者は青くなりつつ、

「な、なんとか記事にします……」

と言って帰って行ったけどね。

人間は強くなっていけばいくほど、シンプルになればなるほど、ひとりでも生きていけるというところへ到達するから、友達がいないといって不安がるのは中学生レベルの話。

友達、友達というけれど、そんなに純粋な友達が本当に必要なのか？

私の場合は、元気でいるかどうか気にかかる人とはときどき会いたい。情報交換して楽しいひとときを過ごす相手もいる。仕事がらみで会う人とは、仕事という大命題がある。それがあるからこそ、さっさと自己開示しないと始まらないし、そんな中でも馬の合う人が出てきて、それで充分に満たされる。

「それって友達？」と聞かれたら、いや、シビアな友達関係ではないし、仕事という前提があるから集まる関係でしかないけれども、でも大事なものだ。そういう関係でももてれば、友達がいないという苦しみも少なくなる。

10年や15年にわたって定点観測のように自分のことを見ていてくれる人も大事だけど、

ふと出会った相手が気の合うヤツ、ハートのいいヤツだったら、そういう人たちとの交流も楽しめばいい。近所の人とあいさつだけの関係だって、気持ちよく声を掛け合えるなら充分。新入学の子供じゃないんだから、友達100人つくったってなんの意味がある？

気がついたら友達も彼氏も消えていた。そんな時には行動あるのみ！●

仕事に没頭し続けた時期は、仕事だけにカ――ッとなっているから、ほかのことは全然気がつかない。ある程度やりくりできるようになって、ようやくまわりが見えてくる。で、ある日、我に返ってあたりを見渡してみると、

「ガ――ン、私って友達いないじゃん、男いないじゃん……」

そこから抜け出すには、どうやったらいいのか全然わからなかった。だけど、会いたい人に「会いたい」と言って、約束の時間にちゃんと行って、楽しい時間を共有して帰ってくればいいだけの話。そういうことがいちいちできなかった自分にも呆《あき》れるけどね。

自分でまわりを見る余裕を失っていて、誰とも疎遠になっていて、ある日、気づいたら誰もいなくなっていた……というのは非常にマズイ。だいたい友達や彼氏は去って行く時、懇切丁寧に、

「あなたのイヤなところ、1、2、3、4、5……」

なんて理由を挙げてくれない。「ダメだ、こりゃ」と思ったら、相手には黙って去るのみだ。

私もあらためて友達をつくろうとか男をつくろうとか思った時、以前のやり方がまだしみついているから、最初はうっかり約束を失念するとかダブルブッキングするという失敗があった。そんな時は、這《は》いずってでも先方の所まで行って「ごめんね」とあやまった。

「スマンね、こういう人間なんだよ。ごめんなさい」

と誠実な態度を見せれば、向こうもニヤッと笑って「バカだねー」と言って許してくれるから、きちんとあやまりを入れられるかどうかが、すごく重要なことだとわかった。ちょっと行動を起こして他人とつきあってみると、普通の人は私みたいにヘンなヤツじゃない。それがわかったから、すごく気がラクになった。普通の人のほうが私よりずっと大人なんだというのもわかって、皆さんにはその手で甘えさせていただいてます。

そういう経験を重ねるうちに、だんだん自分もちがう立場になってきて、人間的にも変わってきたから、最近では約束を忘れた友達が電話であやまってくると笑っちゃう。

「もういいよー、そんなの気にしないで」

「大丈夫、ひとりで食べたよイタリアンを。おいしかったよー」

とか笑って言える。それでサッパリと水に流れちゃう。

キム・ミョンガンのツボ●1●

自立している女の魅力とは

私が家を出たのは、高校生になるかならぬかという年頃でした。家が楽しくなかったし、毎日、同じ所に帰るのも同じ顔を見るのもイヤだったからです。高校2年生の時は学校の体育館の裏の倉庫に住んでいました。そこは応援団の部室で、私たちの巣《そう》窟《くつ》だったのです。

私の場合、在日韓国人の家でしたから、将来の不安や経済的・法律的な問題が大きくのしかかり、1965年の日韓会談、'70年安保など世の中の揺れを肌でじかに感じていました。当時は街を歩いていても、明日にでも暴動が起きるんじゃないか革命が起きるんじゃないかという雰囲気がありました。

その頃は将来、仙人になりたいと思っていました。「人間らしさ」という平凡な言葉が大嫌いでしたから。ボクサーや小・中学校の教師になろうとも思いました。でも、高校生の頃から決めていて、将来その道に行こうと準備していたのはセックス・性教育の専門家で、紆余曲折《うよきょくせつ》を経て今に至る、というわけです。

槇村さんの自立は、まずお金を稼ぐことが出発点でした。幸い健康だったから良かったものの、彼女はいろんなことを犠牲にしてきました。彼女の目的は、何よりも親から逃げることだったのです。

私は彼女がどれぐらい稼いでいるか知らなかったし、今も見事に知りません。槇村さんは何も贅沢《ぜいたく》なものは食べないし、トイレットペーパーでさえ、私がオーガニックのものを買ってくると「そんな高いのいらない！」と言うのですから、初めは「こいつ、ケチなのか？」と思いましたねェ。

経済的に裕福、家族の関係に問題がない、その二つとも叶《かな》わなかった人ですから、自立の道は自ずと違ってきます。彼女のお母さんとは二回ぐらい会いましたが、このお母さんがまた、パーンと家を出てピシッと働いている女の人。似てるなァと思いました。彼女の弟もそういう意味でガマンしない人でした。

つまりは、うんと厳しい薄情な親だったら子供が自立して元気になるということです（笑）。

「こんな親の所に居たら最悪だ」と考え、一日も早く独立したいと願って自立へと向かうのです。だから、自立というものは、家に何も問題がない、あるいは単に家がつまらないという理由で実行できることではありません。ものすごいエネルギーが必要なのです。槇村さんの場合は、家を出るしかない、ちゃんとした理由がありました。

今の若い女性たちには、自立の必要を感じず、結婚しないでずっと生家に居てもいいかな、と思う人も多いでしょう。そのほうが経済的にもラクですし、少子化とも関係があると思います。

日本の夫婦はガマンの連続です。老後はダンナを蹴飛ばし、家を出て独立して貯金で暮らしていこうなどと思っている女の人は少ないのです。戦後50年間で熟年離婚が5倍に増えていますが、潜在的に離婚したいと思っている人の圧倒的多数が離婚しません。なぜかと聞けば、やはり経済的な問題がネックなのです。

彼女たちは若くして結婚し、ほとんど働いた経験がありません。早くに子供ができてしまい、男はダンナ以外知らないという、非常にまじめでシッカリした妻であり母であります。自分で稼いだとしてもパートぐらいですから、社会に出て行くことが不安なのです。専業主婦にとって家庭を捨てるということは、ものすごく怖いことなのです。

離婚するほどの理由はない、だけど結婚生活は楽しくない、子供を捨てるわけにもいかない。そういうお母さまたちは、そこそこ教養も他人に対する理解も家庭的安定もあるし、ダンナも飲んだくれて暴力をふるうようなタイプではありません。決定的なマイナス要因がないので、とりあえず離婚はしないという程度のものです。たぶん。

そんな家庭に育った娘さんが、自立するとかパラサイトをやめるとかいうことはほとんどありません。自分さえガマンして適当に付き合っておけば、普通の親だし、愛情もそんなにはないけれど決定的な問題もないのです。

自立する人は、本当に決定的な理由があるか、または親が上手に子供たちを追い出してくれるかというケースに分かれるでしょう。

親の家を出るべきか、精神的に自立できていれば親の家に居てもいいのかは、槇村さんとは違って一概には決められないと私は思うのです。「親子で一緒に居たほうが楽しいし面白い」と言う人もいるでしょう。ただし、「うちの家族は素晴らしい!」と何が何でも家族中心で、そこに他人を入れないようでは話は違ってきますが……。

同居している娘が自分で稼いでいて、親がたいして束縛もしない家族が現実に増えているわけで、それはその人たちの人生。そんな女性には私も近づこうとは思いませんし、向こうも私みたいな男に近づこうとは思わないでしょう。しかし、そういう女性が結婚して専業主婦になったり、独身のまま40歳前後になったりすると、「アレ?」と立ち止まってしまうことが多いのです。「私の人生、あまりにも感動がなかったワ」と。

何もなかったから、ものすごく傷ついたことも、ものすごく得したことも、命から感動するようなこともないのです。ごく普通の人生――良く言えば平凡で悪く言えば毒にも薬にもならないような人生。すべてが「なんとなく……」です。

こういう人々はトラブルが発生したり大事なことが起こったりすると自分で判断できず、火事場で大人になりきれません。いざという時は必ず誰かや何かに頼ります。でも、世の中には頼られてうれしい人もいっぱいいますし、仲良く平凡な生活を送っているのに、「家を出て行け」なんて言う権利は誰にもありません。

誰も助けようとしないし、誰からも感謝されない。たいして悪いこともしなければ良いこともしないで凡庸なまま死んでいく。そういう人生の人にはそれに見合うだけの快感しかありません。何か一発やってやるぞとギラギラしている人と違って顔がつまらないし、人間としての電圧が低いのです。飢えや孤独、恐怖に対しても感受性が鈍い。

毎日ファストフードのハンバーガーでいいという人生、毎日コンビニ弁当をチンしてもらうだけで構わないという人生。私と槇村さんはそれがイヤなのです。そのために、あっちへ行ったりこっちへ行ったり、本を読んだり人に会ったり、助けたり助けられたりしているということなのです。

第2章

恋愛編

結婚適齢期を無視するメリット

55歳が適齢期だと思っていたから、私は早婚だったの●

仕事場での疑似《ぎじ》家族が崩壊して、自分の家族が欲しいと初めて思った1週間後にキムさんと出会った。そのいきさつを後日、キムさんに話したら、彼は大笑いして言った。

「あなたは、そういうところの運がいいんだよ」

結果的には、自分の中のヘンな夢を手放しても直後にキムさんが現れたから、喪失感にドップリという状態にはならなかったけど、もし、フェイクの家族を失ったことを受け入れていなかったら、

「この男のかたと新しい家庭を」

とは考えなかったかもしれない。

会った当時はキムさんも私も全然、平常心じゃないし、妙なハイテンションになっていることを承知でふたりで結婚を決めた。

恋人でもよかったじゃない？

友達という関係でもいいし。

何がどうして知り合って3日目に「結婚」という言葉が出てきたんだ？　ナゾだあ、なんてふたりで言い合ってる。

私だって昔は「独身主義でーす！」と宣言していた。そのほうが面倒なことをまわりから言われなくて済む。でも、全然、男の人のことをあきらめてはいなかったけどね。

私はいわゆる奥さんの役割はしないと決めていたから、奥さんしなくちゃならないんだったら、どんなに好きな人でうまくいってたとしても結婚はできないと思っていた。キムさんのほうは「女性にぶらさがられるのは、たまらん」と考えていた人だった。

私は「55歳が適齢期」だと決めていたので、キムさんとの結婚は結果的には早婚だ。60歳まで仕事をするつもりでいるから、55という数字はかなり確信的だった。

20代だったら恋愛感情で盛り上がりすぎて3カ月、何も描けなくなってしまう。そんな自分がわかっていたから、そういう状況になりそうな人には近づかないようにしていた。

仕事がふーっとなくなった時に一緒にいる男が欲しい。20代の頃からパートナーチェンジを繰り返すうちに、だんだん〝アタリ〟が良くなってきていた。だんだん自分が求めている人が近づいてくる感じがしていた。

以前は「25歳はクリスマスケーキ」だのと言われ、アセる女性もいたけれど、初婚年齢がどんどん上がったり、未婚率が増えたりしている最近では、30歳ぐらいが「晦日《みそか》そば」「正月のもち」なんて呼ばれてるらしい。実にくだらん!

結婚適齢期? そんなものは誰かに決めてもらうものじゃなくて、自分で決めればいいこと。

世間が勝手に言ってることに振り回されていると、「コトブキ退社」「お局《つぼね》さま」なんて言葉に過敏になって、アセるあまりにヘンな男とくっついて後悔するハメになる。

人それぞれ性格もライフスタイルもちがうんだから、自分なりのベストな時期を適齢期と呼べばいいだけのことだ。

ダメ男の見分け方

男と女の好みは当人どうしにしかわからないし、責任も当人たちにある●

私はマジメさのない男って全然わからない。だから、最初から排除しちゃう。暗い人もダメ。だからって、よりによってキムさんみたいにムチャクチャ明るい彼氏とつきあわなくても？　たぶん、陰陽で引かれ合うんだろう。

もちろん、暗いどうしも親密度が高くて、カプッと組み合わさってシトーッと湿るみたいな感じがしておちつく。その反面、友達のようなツーカーの雰囲気になってしまいがちだけど。

私は〝類トモ系〟というか親和力の強い感じの人と一緒になるのかな?と思っていた時期があった。でも、そういう男の人は私にとってセックスアピールがない。からだの感じもなんかちがう。だから、イマイチ誘えないし、相手も誘われたら困っただろうネ。

似すぎていると、

「ガビーン！　あなた、これ何!?」

みたいなショックがないからつまらない。だから、そういう相手にはそれ以上、踏み出せなかったし、昔も今も友達のままで何も変わらない。

相性は、他人のこととなるともっとわからなくなる。私の女友達とその彼氏のつきあいを見ていて、あまりにも女の子のほうが犠牲を払いすぎている場合は、「ダメじゃんコイツ、やめたほうがいいよ」と思う。たとえば、女の子がすり切れてしまうほど、人間関係に関して鈍感すぎる男。女の子のことを人間として扱わないで、ただの性的な対象としか見ていない男。

そういうケースは黄色い警戒信号がピカピカしてる。でも、好きになっちゃうと得だとか損だとか、そんな物差しでは測れない。彼女は自分でもわかっていてつきあっているんだろうから、まわりが「やめちゃえば？」と言ったところでスパッと割り切れるものでもない。あくまでも彼女の体験であって、いずれ学習していくだろうからね。

ただし、こういうふたりにはすごく興味があるから、ずっと経過を知りたいな。誰かにとってはイイ男であっても、ほかの誰かから見れば「エーッ!?」、そういうものでしょ。

でも、それはそれでうまくいっていればOK。うまくいっていないのに、「なぜ、くっついている？」と疑問を感じさせるふたりからは目が離せない。

良い甘え、悪い甘え

「ひとりで生きていけないの〜」と甘える女は、実は計算高い●

保護されたい、可愛がられたいと思っている人に多いのが、なんでもかんでも判断をダンナさんや彼氏にゆだねる人。何を決めるにしても、まずダンナさんに聞いてからにする。相談というわけでもなく、自分では何ひとつ考えないでダンナに判断してもらい、それをあたかも自分の意見のように言う。

我が家のコンセンサスならともかく、何かを断る口実にしても、

「ダンナがこう言うから」

と当然のように答える。そんな人は、

「私なんてひとり暮らしは絶対にできないわ」

「孤独感のある所では絶対に生きていけない」

と、か弱そうに言うんだけど、ある日、ダンナさんが事故って死んじゃったりしたらどうするの？　否応なく孤独を強《し》いられる事態がくるわけでしょう。そうしたらどうする？　昨日の今日でちがう男とくっつくのかな。

極端な話、甘えられる人がいないならいないで人間は絶対、大丈夫。そういう状況になったことがないから怖いと思いこんでるだけ。自分の弱さを武器にして、守ってくれる男を実はうまく操縦しているとしたら、私なんかより、よっぽどしたたかだなァ。

自分がセックスレスでOKでも、相手の気持ちを考えないのは最低！●

ふたりで暮らしていて快適なんだけどセックスレス、という人たちがいる。私があやしいと思うのは、そういう人たちがセックスレスになった理由に挙げる、

「もうまるで、きょうだいみたいな感覚だから」

という言葉。本当は、

「男と女の感覚じゃなくなった」

と言うのが都合悪いから、

「きょうだいみたいだ」

なんて言う。

ほかの人には平気で自分たちのことをそんなふうに話す人でも、実際にパートナーから、

「もうおまえのことは女として見られない。妹のようにしか思えない」

と言われたら傷つかないのかな。いや、実はとうに傷ついているのを隠しているのかな。

セックスレスのふたりは、タルイし面倒くさい、気ィつかっちゃうし、とかが原因？ 人によってはセックスのイメージが強烈すぎて、それで怖《お》じ気《け》づいてセックスレスでいいわ、となる場合もある。本当の理由が自覚できれば、解決の糸口もいろいろあるのにネ。

ふたりで一緒にいる安心は欲しいけれど、完全に安心しきっちゃうと男っぽさや女っぽさが消えてしまう。そこらへんのバランスが一番むずかしい。安心したからって、男と女の関係から、いきなり家族感覚に割り切るのもヘンだ。

自分がセックスレスでかまわなくても、パートナーも本当にそう思ってるのかな？ するにしてもしないにしても基本的な合意が必要だ。イヤだったらなぜイヤなのか、いつまでイヤなのかを誠実に彼に伝えればいい。黙っていても彼は察知してくれるはず、と思うのは身勝手な甘えにすぎないよ。

話し合わないままセックスレスになってしまい、自分と同じくセックスに関心がないと思っていたダンナが、よそに愛人や子供をつくっちゃった、なんてよくあるケースだ。

こういう人たちに必要なのは、やっぱり契約書！　半年更新でも1カ月更新でもいい。

「今月の目標　セックス2回」

なんてきちんと明記して、しなかったら罰金。

何ひとつ文句も言わずにレスのまま何年もたって、アクシデントがあって別れることになってから、

「私、あなたのセックスレスがイヤだったの」

とは絶対に言わないでくださいね。

あ、セックスレスじゃない夫婦はなんて言うの？　セックスあり夫婦？？

恋愛下手克服法

自分勝手な〝ワンクール恋愛〟の繰り返しで恋愛したつもり？●

男と女の間をモノや用事で埋めようとする人たちがいる。たくさんのイベントに高価なプレゼント、その上、まわりの人を利用して人前で互いを見せびらかすとか、ワガママを言って相手の反応をうかがうとか……。

そういうことを通して相手の誠意を試している。「あなたからこっちにいらっしゃい」と黙って手招きしているみたいだ。そういう女に限って、自分の誠意は絶対に試す気がない。

まあ、そうこうしているうちに3カ月ぐらいはもつ。そこらで、ひとつ事件発生。つまらないことでも何かが起こる。たとえば、仕事の都合でドタキャンされたり、ちがう女の子といるのを目撃したり。その時、相手に何も言えなければオシマイ。はかない関係だ。

3カ月、つまりワンクールの恋愛。

これって回転寿司？　それともお見合いパーティ？　瞬間瞬間で判断して、回転するカウンターから今度はトロ、お次はヒラメと選んでいく。または、パーティ会場をかけずり回って5番とメモ、ダメなら次は9番というふうにガンガン行くわけだ。こなすんだね恋愛を。ははは。

セルフイメージ通りに現実が運ばなかった、セルフイメージが傷ついた、そんな理由でもうダメだと思いこむ。土俵に上がる前から自分はダメだって逃げちゃう。3カ月もたたないのにもうダメだと思ってるとしたら、きっと、まだ土俵に上がってないんだよ。本気かどうかも疑わしい。アクセサリーを欲しがるように彼を欲しがって、つきあってるだけなんじゃない？

好きじゃないなら、恋愛しないでほしい。ジャマだから。

〝外資〟や〝海外〟というアクセサリーだけ集めても中身は満たされない●

コマダム狙《ねら》いの女の子がいて、「玉の輿《こし》に乗りたい！」と公言してはばからない。その子に最近、彼氏ができた。週末なのにめずらしく会社で残業しているから、先輩が、

「今日はデートじゃないの?」

と聞いたら、

「私の彼、外資なんで海外で研修中なんですぅ」

という答えが返ってきた。

彼女の返事に、実は〝外資〟と〝海外〟という言葉は必要ない。

「彼は出張中でデートできない」

で充分でしょ。でも、好みのキーワードを付け加えて返事をしちゃうところに彼女のキャラクターが出てますよねぇ。

で、〝外資〟っつーのは、おトクなのかい? 一種のアクセサリーで、これが威力を発揮する場合もあるんだろう。〝外資〟とか〝海外〟って聞いただけで「ハハーッ」とひれ伏すような情けない人種がいるわけだね?

外側を飾り立てるアクセサリーだけにこだわっていたら、いつまでたっても自分の中身は豊かにならないよ。

回転寿司のような合コンにおトクを求めても得はしない●

「合コン仲間にはやっぱりスッチーが必須アイテム」

なんて言う女の子がいる。

「いくら社交的でも顔がきれいじゃないとね。合コンのグループのレベルが下がっちゃうような友達は仲間に誘わない」

と平気な顔で言う。アンタは何様だ。

週に何回も合コンばかりやってる男の子連中に、「最近はどーよ?」と聞いたら、

「この間は、けっこうきれいな子が多かったですよ」

などと得意そうにのたまう。自分に合う女の子に出会ったかどうかじゃなく、単に美的水準が高かったということに満足している。

きれいな顔だけ拝めれば、それでいいのか? 一緒に過ごした時間の会話の中身は? 回転寿司に高級ネタが並んでいれば、それで満足? そのネタは本当においしかったの? 女の子が期待する合コンのメンバーとは、広告代理店や商社、その他有名企業で、そういうのがメンバーにいると「面白そう」ということでポイントが高くなる。

でも、そんな男はその場では楽しめるかもしれないけど、あなたにはフィットしないよ、絶対。

自分も相手も理想の水準にマッチしていたらうまくいくのか? 全然ちがうよね。おトク感、満足度、そんなもんばかり求めてどうする。自分の快適さとか肌合い、相手との呼

吸とか間合い、そういうものを基準に選ばなきゃいけないのに。
グレードって一番ジャマなもの。目を曇らせるだけ。

女は自分のからだをどう愛すべきか

私はどうしようもなく〝女〟、それを事実と受け入れて愛おしむ●

男と女は生物としての個体差でしかない。だから、表面的には自己完結して生きていくこともできる。女性のひとり暮らしなら、防犯が気になる時は警備保障会社に頼んだり番犬を飼ったりすることで補えるし、力の必要な仕事は外注して、愛する相手が欲しかったらペットを飼ってガーデニングして……。

やろうと思えばいくらでも代替が利《き》く。だけど、たとえそこまで徹底しても、自分が女だってことはどうしようもなく、これだけは男がいないとどうにも成り立たない、という部分があるんだ。

自分のセクシュアリティをすっかり忘れている状況であっても、男が目の前に現れた途端、からだの中の一部がパッと女になる。私はひとりですべてをまかなえるとは全然思ってなかった。ある部分だけはマジメに男性を探さないと、どうしても補えないから。そういう時に、自分がどうしようもなく女なんだとカンネンした。そして、愛《いと》しいと思った。

からだの感覚がイカれてしまって初めてからだを慈しむ大切さを覚えた●

自分のからだに起こるさまざまなことに対して、私はものすごく鈍感だった。仕事のモードに入ったら仕事用にテンションを上げちゃう。それがキープできなければプロじゃないからね。そういう極端なことを長くやってきたせいで、自分の感覚がメチャメチャになっていた。

まず、味がわからなくなった。声の色もよくわからなかったし、具合が悪いというのも自覚しないまま生きていた。多少、調子が悪くても今日8枚描かなければならないのだから描く、という仕事の仕方だったから、からだの感覚がバカになっちゃった。

そういうしばりのキツイ生き方をしているから、平気で装甲車みたいにガンガン走ってる。でも、アシスタントのみんなはヒトだから「先生、胃が痛～い」とか言い出す。それが大変なことだということは、なんとなく頭でわかるから、「じゃあ寝てなさい」と言いつつ、さて、いったい胃ってどの辺にあるんだっけ???

それぐらい自分のからだのことがさっぱりわからなかった。もちろん、胃はここで肝臓はここ、というふうに内臓の絵は描ける。だけど、胃が痛むってどんな感覚なのか全然、実感できない。痛みに対しても快適さに対しても鈍感だった。

『おいしい関係』という新しいジャンルの連載を始めたのも、味がわからなくなっていて、食べることにまったく執着していなかった頃。編集担当がすごい食いしん坊で、あの店がおいしいと教えてくれたり、「今日はこの店のケーキです」と持って来てくれたりするんだけど、味のちがいが全然わからない。それがすごくヤバイことだと感じたから、これはひとつ描いてしまえ、と思ったのがキッカケだ。

この頃は修業(?)の甲斐《かい》もあり、人間変えたこともあって、たとえば頭や胃が痛いときがあっても、その部分とは別の部分の具合も確認できるまでに進化した。

「今は頭だけ痛いんだ、あとはゴキゲン」

なんて言ったりして……。

普通だったら、どこか一ヵ所が痛いだけで全身がグンニャリしちゃうはずだけど、私の場合、痛いのはここだけ、体力的には問題なし、エネルギー値も下がってない、精神的にも大丈夫、とチェックしてからあらためて、「ああ、胃が痛い」なんて言うから、「あんたへンな人」と言われている。

自分のからだのベスト・コンディションをきちんと把握しておこう●

意識的にからだのメンテナンスとして心がけているのは、基礎体温をつけること。更年期に入ったら入ったで、いろいろ調べるための基礎的な材料も必要だしね。

生理は潮の満ち引きや月の周期に関係すると言われているけど、私にはそれが実感としてある。なんで気がついたか……、それは理由もなくケンカしちゃうから。

生理の1週間ぐらい前にスポッと空《むな》しくなるポイントがあるらしく、以前はそこに入っている自覚がなかった。それが、人にワケもなくからんでしまうという事象で現れた。普段なら気にも留めないことが気になって、

「ちょっと、さっき言ったことだけどさぁ……」

なんて誰かにからんでケンカする。なんでもないことが原因でケンカを起こしちゃうから本当にやっかいだ。

それで、なんで？と思って気をつけてると、その1週間後ぐらいに生理が来るパターンに気づいた。自分の生理機能が原因だとわかってからは、からんだりケンカふっかけたりするのも、うまくするとコントロールできる。理由が自覚できるからね。

そういう時期にケンカするのは、相手がイヤなわけではないし、自分がイヤなのでもない。まあ、理由がわかったからといって、いちいち相手には話さないけどサ。

女の人はエステなりヘアケアなり、美容にずいぶんお金を使う人がたくさんいる。でも、自分のからだや健康についてはよく知らないまま、大事にしていない人もたくさんいる。

人気のコスメ商品を肌にくっつけておけば安心、というのは、もらった宿題の計算ドリルを一生懸命やってるというカンジ。なんのためにやる必要があるのかも見極めてないのに、そんなドリルやってどうする？

まずは、自分のからだのベストな状態を知ること。

私のからだはこういうコンディションがベストなんだと、一番いいポジションを自覚しておく。それがわかっていれば、調子をくずしてもすぐにケアできる。ジムへ行けばいいのか、昼寝すればいいのか、何か食べればいいのか、それとも肌に何か塗らなきゃいけないのか落とさなきゃいけないのか……。

そうじゃなくて、

「理想の肌を追求したいの～」

と言い出すとキリがない。

「皮膚をはがしてもはがしてもダメなような気がする」

と言ってるうちに、どんどんエスカレートしていく。いったいどこまで、はがすんや〜?

理想の肌より自分が気持ちいい肌。

自分のからだにくっついているモノは、ちゃんと見ておくべき●

雑誌が面白おかしく書くときに類型化する女の子のタイプがある。セックスの場でも自分からバババッと脱いじゃうようなイケイケ系と、過剰な羞恥心《しゅうちしん》からか、とにかく女性器を見られるのを拒《こば》んだり、「自分でも見たことないわ」と言ったりするような青くておカタい系。どっちも、そんなに自分のことを乱暴に扱わなくてもいいのにねぇ。

バババッもどうかと思うけど、見たことないっていうのも、自分のからだに対してちょっと関心がなさすぎ、嫌いすぎで、かわいそうだ。見たことのないものが自分のからだに付いているなんて自分でも居心地悪いでしょうが。セックス=隠すべきものという親世代の固定観念からまだ解放されていないのかな。

アメリカで性教育の時に見せるフィルムがある。中絶した時に、おなかの中の赤ちゃんが「イヤイヤ」って逃げ回り、それでも死んじゃう。それを日本のお母さんたちに見せたら、

「エーッ！こんなの娘に説明できない」

「自分たちで性教育なんてできないから学校でやってほしい」

そんなふうにグズグズ言っていた記事があった。ダメじゃん！

お母さんによって本当に差があるよね。人任せにしようとするお母さん方は、自分で子供を産んでるし、自分で育てているくせに、いまだに自分のもちものを見てないんじゃない？

誰がセックスして誰が産んだの？と聞いたら、どう答えるんだ。

「ダンナが無理やり私を押し倒した」

「ダンナが酔っ払って、ある晩……」

と、相手のせいにした挙げ句、

「そうしたら、この子が勝手に出てきちゃった」

「私は被害者よ、だから教育係はやらないわ」

という論法なら、ひどく無責任だし、子供もかわいそうだ。

もちろん最初は、親の世代の意識を受け継ぐから、セックスがすごくいけないことのような気がするし、ときどき「こんなことをしたらマズイかな？」とも思うんだろうけど、当然、動物としての自分の興味は育っていくし、女の子としてのからだの生理とか、さまざまな情報もどんどん入ってくる。

そして、何も知らない女の子だったはずなのに、どうしても直面しなければいけない時がやってくる。気がついたらベッドの上にいちゃったりして、

「アタシったら今、どこにいるの？　うっ!?ラブホ？」

なんて言っちゃったりして。そんな後手《ごて》で、ちゃんと避妊できたのか？　ドキドキ。

どこかで腹くくって、自分にくっついてるモノを見て、責任取りましょうや。

セックスはしてもしなくても、問題の多いテーマなのだ●

30代の男性たちに、セックスが苦手になっていて、「しなくていい」「面倒」と言う人が増えている。「女の子のことを思いやるべき」とか「自分勝手なセックスは嫌われる」とか当たり前のことがようやく認知されつつある反面、その手順を踏むのが面倒くさいから、「一生セックスしなくてもいい」「結婚もしなくていい」という考えが徐々に増えていく現象……。

たしかに〝女〟と意識しすぎたら、もう面倒くさくてヤダよね。でも、〝手順〟じゃないでしょ？　〝手順〟と解釈したら何もかも面倒くさい。つまり、男の子たちは女の子に対して「ワーッ可愛い」「ワーッ一緒にいたい」とは思わなくなっているということだ。

かえって若い世代は女の子のほうが積極的。これからは、

「私は面倒くさくない女よ！」

といちいち宣言しなきゃいけなくなるのか？

セックスがスポーツ感覚になっているカップルや、ラブホテルでもカラオケ、パソコンで遊ぶだけのカップルがけっこういるらしい。

カラオケ歌うだけで済むんだったら川辺でもいいよね、用途が曖昧《あいまい》な場所に連れこまなくても。お茶を飲むだけがベストなカップルもいるだろうしサ。そのあたりをよーく理解して相手とのつきあい方を考えよう。

一方では、低用量ピルが解禁になったけど、相変わらず、

「イヤって言ったんだけど避妊してくれなくて、妊娠して中絶しました」

と言う子がかなりいて、ピル選びにあくせくしている……。そんなヤツらは死ねー。性教育はどうなってるんだ？

いったい自分は何が欲しいのかを決めておくべきだ。

私は全然、低用量じゃない頃にピルを服用していたことがある。「私にはセックスは絶対必要」と思っていたけれど「妊娠は絶対いらない」とも思っていた。当時、ピルはお医者さんで事情を説明しなければ処方してくれない影の存在だったけど、失敗するわけには

いかないからずっと飲んでいた。私には何が必要かがハッキリしていたから。

セックスパートナーをクルクル替える人は、自分にとってセックスってなんだろう?とは考えていない。まわりが彼氏をしょっちゅう取り替えていて、自分もいつも新しい彼氏を連れていないとカッコ悪いとでも思っている。

逆に、今でも〝ケダモノ〟と表現する人もいる。

「あんなケダモノみたいなことする自分が嫌い」

と言いつつ、でも、やることはやってる。

つまり、しまくったってしなくたって問題は多いということだ。

自分のヨクボーを見つめてくれ。

男にモテるためにはどうしたらいい？

ワガママと意見とのちがいを知っている"自分のある女"●

モテるためにはどういう視点で考えるといいでしょう？

まず、ワガママを言ったら嫌われます。でも、自分の意見も言わなきゃ嫌われます。

つまり、何がワガママで何が意見か、これがキチッとわかっていないと上手に使い分けられない。この男の人にはフラレてもいいやと思っているならワガママ放題を言えばいいし、そういう上手なフリ方もあるよね。でも、真剣に「この人、好きだな」と思ったら、かなりマジメに噛《か》みつくことが大事。

マスコミで取り上げられる典型は、どうしようもないワガママ女か、何も言えない甘ったれ女という両極。自己チューと他人チューというか、自分中心的な人と他力本願的な人。

ここには〝自分のある女〟という設定がない。極端な例を挙げるほうがセンセーショナルだから、そういう取り上げ方をするんだろうけど、現実的には真ん中あたりに位置する人がほとんどだと思う。

ワガママな人、何も言えない人、どっちにしても依存的で自立的ではない。あなたと私、という対等な関係じゃなく、相手にぶらさがったり振り回したり黙ってついて行ったり……それもつまんない。誰かに依存してしか生きられない人には、そういう人用の生き方もちゃんと用意されていると思うけど、私には必要ない。

キムさんと出会うまでは、恋愛にもいろんな段階があって、その中途では相手と駆け引きのようなゲームをしたり、相手と何かをつくり出したりするのが楽しいという時期があった。腰が引けてて弱虫でガチンコ勝負が苦手。その頃の私は〝都合のいい女〟だっただろう。

相手とぶつかり合うのではなく、相手と私の間にいつも何かをはさんでいた。それは、相手との距離を詰めるのを恐れていたから。今は、彼との間に何ひとつはさまない。私のありのままをストレートにぶつけている。距離を詰めようか離そうかと計算することもないんだ。ゲームじゃないから。

こんな女とは恋愛したくない

モノを欲しがるイベント演出女は、自分しか愛していない●

デートやイベントの時、おしゃれして自分を少しでもきれいに見せたいという気持ちは大切なものだ。だけど、「彼は何をしてくれるのかな」とか「今日は何を買ってもらおうかな」と相手に期待ばかりするのはヘンだよ。

1カ月も前から考えに考えて、彼がひっくり返るようなステキなセリフを言ってやる！というのなら、まだわかるけど、いつも待ってるだけで自分から行動するくふうがない人。どうよ。

バースデイだのクリスマスだのに、心じゃなく当然のようにモノをねだる女——まあ、おねえさんとしては「そんな女やめな」と彼にひと言いいたいよね。

男もいつかは気がつく。何週間か後には、「シマッタ」「もうやめよう」「冷めちゃった」。

イベントにシナリオをつくる女はドラマの見すぎだと思うけど、とにかくワクにハマってないと気が済まない。そのワクからはみ出す彼なら、キライになるか見ないフリするんだろう。

現実は思った通りにはいかない。一日デートする中でも、ありとあらゆるアクシデントがあって、だからこそ、また次も会いたいと思うはずなのに、アクシデントなんてなかったことにする、というのはリッパなナルちゃん的発想だ。相手も関係も大事にしていない。大切なのはワ・タ・シ? うへっ。

一見、素直な女は、なんでも相手まかせのしたたか女だ●

私が男だったら案外くだらない女の子を選ぶだろう。まわりから「あんな女やめろよ」と忠告されても「可愛いんだもーん」と追っかけ回して遊ぶ。いろんなタイプとつきあって楽しむネ。でも、ガチンコでつきあうなら自分のない女はツライ。彼女がいろんな場面で取っ散らかるたびイライラするし、「ちょっと! 自分で考えたら?」と言い続けた挙げ句、面倒になる。

あるアメリカ人が、

「どうして日本の女の子はみんな『なんでもいい』とか『どうでもいい』って言うんだ?」

と聞く。彼が今までつきあった日本の子たちは、「今日どこに行きたい?」「何食べたい?」と聞いても、「別に……」と答えるばかり。彼は初めの頃、日本に『ベツニ』という名前の食べものがあるのかと思ったそうだ。

女の子たちは、他人に合わせて良い子のフリしてるうちに、自分が何を好きなのか、わからなくなってしまったんだろう。

「別に」という返事は一番失礼だ。自分は大人だと自覚していたら、特に食べたいものがなくても、一応考えてみて「どんど焼き」とか「ふぐーっ」とか言うべきだよ。もしくは「本当になんでもいいの」と答える。その場合、「じゃあホントになんでもいいんだな」と、とんでもない所に連れて行かれちゃっても文句は絶対言わない。それが大人でしょ。

自分のない人は「別に」と言ったくせに、あとで文句を言う。「別に」と答えておいたほうが、あとで文句が言えて強い立場になれるとでも思っているフシがある。典型的にヤな女だ。したたかな、からむ女。男だったら、逃げる。

自分が見えていないカラッポ女には、誰も手を出さない●

自分の本質を知るのを怖がっているのか、自分の内面から目をそむける人が多いよね。あるテレビ番組を観た時、すごい女の人が出てきた。結婚を前提にした出会い系のパーティばかりに参加していて、毎回毎回、男の人と知り合いになるんだけど、彼女はいつも決まらないで結局、流れちゃう。

その回もパーティに行ったけど、うまくいかなくて帰りに次のパーティの予約をしているの。その彼女を見てアドバイザー役の先生が分析して、

「彼女は自分が何者かというのを全然わかっていない。チャンスがある所ばかり出かけて行って、理想の男性と出会うことを望んでいるけれども、まず自分を確立しなければ相手も見つけようがないんだから、パーティをやめなさい」

と助言する。冷静に自分自身を見つめる期間を置きなさい、というわけだ。

それで、番組制作者が先生の伝言を持って彼女のところへ行き、彼女に、

「出会いばかり求めないで、自分が本当にしたいことを書き出してください」

と言いながら紙を渡す。すると、彼女は紙を前にしながら、なかなか書けない。「すごくむずかしい」と言いつつ何か走り書きするんだけど、その内容がどれも観念的。字もなぐり書きでスベってる。何を書くかと思えば、

「やさしい人たちと苦しみや悲しみを分かち合いたい」

とかなんとか……。

結局、真剣に書いたものは何もなくて、とりあえず適当にターッと書いて紙を散らかすうちに、とうとう彼女は泣き出しちゃった。

28歳のOLなんだけど、「自分を見つめなさい」という先生のアドバイスに対しても、

「だって、もう時間がない」

「1カ月も2カ月も大事な時間を使えなかったら、チャンスを逃しちゃうかもしれない」

とチンプンカンプンなことをブツブツ言いながら、もう大泣き状態。そうしたら、テレビに向かってキムさんが、

「泣けっ！泣くんだっ！　おまえには泣くことが必要だぁ!!」

とか言っちゃって（笑）。

私としては、心情的には彼女もせっぱ詰まって苦しいのはわかるけど、こんなに自分のことを考えてないの？とビックリだ。

「自分について考えてください」と言われた時の、あまりにも何もなさ、虚無感。こういう人が世の中にいっぱいいるとしたら……こりゃ大変だ、日本はもう死んでるのかも……!?

その翌朝、キムさんと私はその話を引っ張って話し合った。彼は、

「男の立場からすると、ああいう場所に出向いていく男っていうのは真剣勝負だから、ハンパな女とか、つきあってもつまんなそうな女には絶対、手を出さない」

と言っていた。男にしたって結婚は一生の問題だもの。ねるとんパーティとはちがうんだ。

ベストパートナーの見極め方

責任のもてない未来を誓う言葉よりも、約束できる〝今〟が大事●

「あなたは誰々、私は誰々です」

「私はこういう時が幸せです」

というふうに、現在だけの状況をキッパリ言い切れて、似たような相手と出会って、「ホイホイッ」と感応してぴったりとくっつく、というのが理想的。

それで、1週間でダメになるかもしれないし、25年続くかもしれない。それは誰にもわからないけど、「まァやってみましょうよ」という感じで暮らし始めるのが、一番責任のもてるかたちだと思う。「死がふたりを分かつまで」なんて誰も予測のつかない未来を誓うんじゃなく、お互いに責任をもってお約束できる範囲の交際を、というワケだ。

自分の正直な反応が、相性のいい人を自然に教えてくれる●

「彼こそ私のベストパートナー」と見極める基準は、快・不快の原則で。赤ちゃんの感覚が、やっぱり基本だ。一緒にいて快適にぐいぐいお酒が飲めたり、おしゃべりしてたら止まらなくなって「あ、もうこんな時間？」とビックリしたり、そばに寄られてもケラケラしていられたり……。そういう相手だったら、かなりマル！

女の人はイヤな男にそばに来られたら絶対、不快でしょ？　そういう自分の反応に敏感になっておけばいいだけのこと。

私は毎月、雑誌の対談でいろんな人に会う。自分が快適だと思っている相手としゃべっている時の顔のハリと、そうでもなくて「お仕事してます」の顔とは、自分の写真の上がりが全然ちがう。ハッキリと差が出ちゃう。それは相手にも伝わることだけど、自分もよくわかっていれば、さらに生きやすい。

日常生活の中では対談の機会なんてないし、職場や近所で誰かに会うとしても、もっとロボット化してるよね。「人に会う時はマナーのよろしいお嬢さん・奥さんでいましょう」といった心構えで行動するはずだから。

そういうオフィシャルな仮面をかぶるにしても、相手によっては「かぶりづらーい」とか「鉄仮面で応対してやろう」と思う人もいるし、「あの人になら最高の仮面つけちゃお！」と思える人もいる。自分の反応に敏感でいると、自分が相手に好意をもっているかどうかがよくわかる。

それから、食べものを平気でシェアできるということも実はすごいこと。

「そういえば、私はレストランで出てきたお肉や野菜を上手に取り分けてくれる男としかつきあったことがないなァ……」

と、先日、イタリアンレストランでルッコラのサラダを取り分けてる最中のキムさんに言ったら、彼は一瞬フリーズし、そしてひと言。「ヒーコラ、ルッコラ」だって。

こういう人が好き。私にとってのキムさんがそうだったけど、パッと会ったその日に3時間以上も話しこむというのも、かなり好きだという証拠。でも、両親との関係や小さい頃の話を聞くと、「なんでそんなこと聞くの?:」という顔して、すごく当惑する人がいる。そういう話がフランクにできない人は、こっちに心を開いていないということだし、ほかの話題でも本心はなかなか明かしてくれない。

食べものでも会話でもなんでも自然に気持ちよくシェアできる、それも相性のよさがわかるひとつのポイントだ。

食・セックス・金から、その人の本質が見えてくる●

食べもの、セックス、金。この三つで相手がわかっちゃう。何食ってるか、何買ってるか、セックスはどうよ。

この一番大事な三つのことが、どんなにしゃべりにくいか。食についてきちんと語れる人はなかなかいない。グルメ話はアクセサリーみたいなものだから、ちょっと別に置いといて。からだのこともお金のことも、みんなじっくり考えて自信をもって言えればいいのに。

私はこの三つに関して「きちんとしゃべれる」というのが目標だった。どうしても口から出てこないのは、自分の中でこなれていない、責任をもっていないということだから、いつかは話せるようになりたいと思った。ちゃんと語るためには、三つのことをちゃんとやらなきゃならないしね。

うちのスタジオみたいに女の子どうしで暮らしていると、だんだんそういう話題に触れないわけにはいかなくなる。体調も仕事に影響するから。

ある時、何かのきっかけで生理用品はまとめて買っておこうということになった。それぞれお好みの製品があると思って、「買ってくるから何がいい?」と聞いたら、みんな、その製品が自分にとってどんなふうにいいのかをしゃべりだして、「羽根がどう……夜はこう……」という話になった。そうすると、その人の生理中の量とか日数、それから定期的なのか、予定がズレる時はどういう場合にズレるのか、そんな話にまで進んでいく。

きっかけさえあれば、女の人は話したい、情報交換したいと思ってる。こういうことを話す機会やオープンにする場がないんだ。

お金に関しても、みんなで飲みに行った時に一円単位まで割り勘にしようと言う人、計算は誰かに任せっきりで言われた通りの額を払う人、大ざっぱに勘定する人、いろいろだ。とにかくお金に細かくて、なんでもかんでも「どこで買ったの？　いくらした？」と安い値段を聞くまで納得しない、安心できない人もいる。なんかケチケチしてる。それから、何を贈っても「いくらだったの？」と聞きたがる人もいる。値段が高ければうれしいのかなぁ、プレゼントって心の問題なんだけどなァ。

結局、三つのことが相手を知る目安になるけれど、恋愛の相手選びにもすごく重要な判断材料になる。カップルになってからもおおいに問題になる部分だからサ。

キム・ミョンガンのツボ●2●

こういう女を愛したいよね

私が好きになるのは、利口で性格が良い人。それに尽きます。いいな!と思う基準は、健康であること、素朴であること、正直であること、そして、仕事ができる人、エネルギーのある人。エネルギーの電圧が違うのはいけません。こっちはラグビーをやりたいのに、あっちはお茶とお花では合わないですから。

私が絶対ダメなタイプは、男の後ろを付いて歩く女。気持ち悪いのです。「キムさんの後に付いて行きます!」と言われたら、「お先にどうぞ~」と道を譲ります。ぶらさがり女はとにかくキライです。

運の悪い女も絶対に避けて通ります。それは、会った瞬間にわかります。ドス黒い、元気のない澱《よど》んだオーラを発しているのです。ちょうどスーパーで3週間前に買ったネギみたいな女。それは年齢問わずで、若くして〝3週間ネギ女〟はいますからねェ。別れることを前提に考えない人もいけません。結婚したらずっと幸せに一緒に行くんだ、という考え方は厚かましいのです。人間はいつ別れるかケンカするかわかりません。その時にきちんと上手に別れられる人が好きです。

いつ別れるかわからないのですから、一緒にいる間は一生懸命、努力するようになります。何も変わらないとなると人間は努力しないものです。1年も2年も経ったら、お互い平気でオナラしたり、見たくないものも見せたりし始めます。そうなったら尊敬も何もなくなります。

女の人を見る時に一番大事なのは、その人がまっすぐ生きているかどうかだけです。そのエネルギーがあるか、その努力をしているかということ。全速力で生きている人は女性として花開いていてきれいなのです。だから、食べ物だけ、お化粧だけ、ファッションだけで生きている人は女として非常にバランスが悪い。いつまでバカ続けているんだろうと思います。

槇村さんは初対面の時から、自分の意見をハッキリもっている人だと思いました。できることはきちんとやるし、できないことは絶対にやらない人です。

話すほどに、ずいぶん懐《ふところ》の深い人だ、引き出しがいっぱいある人だと感じました。それこそ何を話題にしても受け答えしてくれる、イチローのようにどこへ投げても打ち返してくれるのです。トントン話が弾むので、気持ちのいい人だ、バランスがとれている人だとも思いました。

私が一番重視するのはバランスです。この話はできるけど、こっちの話はまったくできないというのは困りものです。だから、大人だなと思いました。プラス、非常に素直で正直だし、とてもチャーミングで可愛くて元気がある人だと思いました。

それから、槇村さんはご飯の食べ方がきれいなのです。女の人は、挨拶《あいさつ》の仕方、ご飯の食べ方、酒の飲み方、お財布からのお金の出し方で、その人自身が見えてきます。そういう意味でも、槇村さんはずいぶんきちんとしている人だという印象をもちました。

また、彼女は人に対して、とても愛情があります。すぐ人に心を許したり、怒っても自分の中に相手を入れたりします。人間に対してシャットアウトする女はつまらないと思います。

槇村さんとはお互いの人生のデコボコが合いました。お互いの空っぽの箱の部分がピターッと合ったとしか言いようがありません。

何もかも合うということには後から気が付きました。実際、すべて箱の中にいろいろなものが納まりました。シンデレラのガラスの靴みたいなものです。人生の靴のサイズがピタッと合っちゃいました（さて、どっちが靴なのでしょう？）。

……「幸せはガラスでできている」、かもしれませんが（笑）。

デパートの洋服売場を歩いていたら、思ってもみなかった服があって、パーンと直感的に好きになって、気が付くと買っていた。うちに帰ってから、アレ?私はなんでこの服を好きになったのだろうかと思います。で、よくよく理由を考えたら、そういえば素材もいいし、色もいいし、サイズも合う、値段もいい、と思い至った。そのようなものではないでしょうか。

長く生活を共にするなら、見て飽きない人、運の強い女、オーラがある人、が大切な条件です。もう一つ大事なことは、仏さまに似ている女。仏像顔じゃないとダメなのです。もって生まれた素質と努力が重ならないと仏像顔にはなりません。槇村さんは仏像顔。毎日、見て拝まないとダメなんです(笑)。

私が一番落ち着く場所は、お寺や神社、教会です。だから、私は運命的なものを感じます。人間は、ちゃんと頑張ってきて苦しんで、そしてしっかり生きてきて、世のため人のために考えている人は仏像顔になるのです。

基本的に愛があり、邪悪なもの、ひどいものに対して怒れる人。単にヘラヘラ笑っているだけじゃなく、槇村さんには喜怒哀楽があるんです。一切ごまかしがなく、怒ったらオニのようにケンカします。だからこそバランスがとれているのです。

笑って泣いて怒って、おいしいものは「おいしい!」と、素直に表す人は本当に生き生きしています。カップルがレストランにいて会話もせず、ウマイのかマズイのかもわからない能面のような表情のまま、金だけ払って黙って帰るのを見ると、オマエら、生まれ出てきたんだろ！　生きてんのかコノヤローッ！……と、私は思うのでございます。

豊かな感受性をもち、喜怒哀楽がしっかりある人は、みずみずしくて、ものすごく顔がきれいになります。

槇村さんはテレビを観ている時に、画面に映る誰彼の顔を指しては「こいつ人間に冷たそう」「このウソつき！」「こいつ感情が少ない」、そういうことを言います。直感的にわかるらしく、いつも、なるほどなぁと感心します。

だから、私を選ぶなんて、あの人もなかなか見る目があるってことです（笑）。

このコラムのタイトルを変えてくれませんか？

題して、『女はみんな私のカラダ目当て』（笑）。

第3章 生き方編

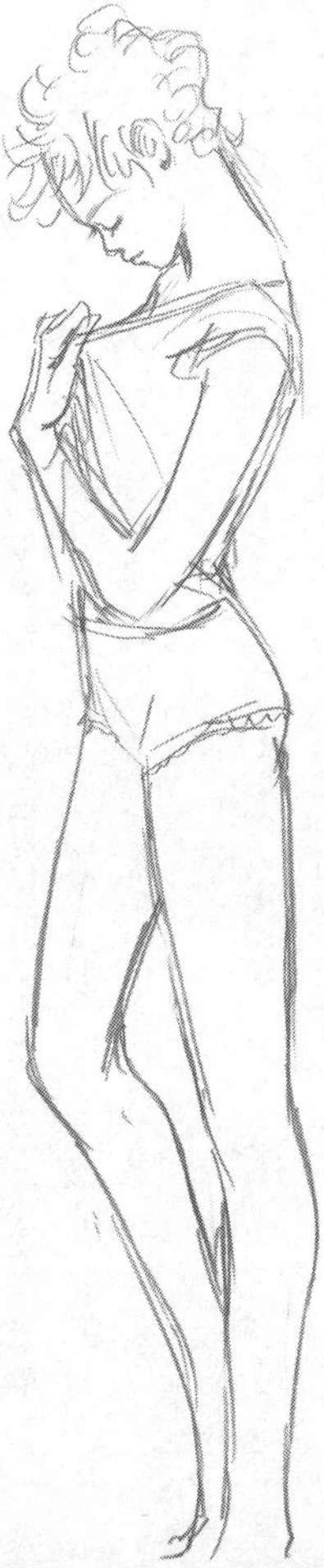

ずっときれいでいるために

癒しや贅沢はもういらない。お肌のためのエステ実用編●

スポーツクラブはなんとか通い続けている。出かけるまではおっくうでも、からだを動かし始めれば楽しい。クラブではおもにアクアビクス、それからダンス系のクラスに参加している。

この前、久しぶりにジャズダンスのクラスに出たら、ムキになっちゃって、ついにダウン。普通の体操とかおバァちゃんたちと一緒の時ならヘラヘラやるんだけど、なんで踊りだとムキになっちゃうんだろ?

ともかく、動いた時の爽快感《そうかい》は忘れちゃダメだし、自分で意識的に時間を空けないと、からだのために使える時間はどんどん食われちゃう。

エステティックサロンにも再び行き始めた。よくキャンセルしてしまうから、なかなか進まないけどね。エステによく行ってたのは30代前半の一番空《むな》しかった時期。当時は高級エステだったけど、今は駅前のエステでチョロチョロって感じ。

初めてエステに行ったのは優待券をいただいたのがきっかけだったと思う。フォーシーズンズホテルの中にあるゲランという超高級サロン。やっぱり高級料亭のような雰囲気で、やんごとなき人たちも来ていて、お客様どうしがむやみにすれちがうこともない。木調の個室でBGMも選べて、エステティシャンがかしずく。見栄《みえ》もあり、ステキな世界を体験してみたいという好奇心もあり、そういう意味では満足する部分はあった。

実質的に肌がどうなったかというよりは、自分へのご褒美《ほうび》として、そういう贅沢《ぜいたく》もしてみたいという気分的なものが大きな割合を占めていたと思う。だって30代前半は、肌自体そんなにトラブルないもん。

最近のエステ通いはとにかく肌のため。今、行っているエステは居酒屋の〝やる気茶屋〟みたいな所で、「ヘイ! いらっしゃい」って雰囲気。エステティシャンも若くてみんなピチピチ。ベッドがズラッと並んでいて仕切りはなし、カーテンもなしで、客はマグロ状態。でも、「いいや。寝ちゃえばわかんないわ」って割り切る。今の私はエステに癒《いや》しや贅沢な気分を求めているわけじゃないから、これで充分。

着るものも肌も髪も、自分の好みと相手の反応とのバランスで選ぶ●

着物に関するインタビューを受けた時、

「どういうふうに着物と出合いましたか?」

と聞かれた。

初めて着物を買ったその日、私は気持ちがバッサバサで砂漠のようだった。大晦日《おおみそか》で、すき焼き用の焼き豆腐を買い忘れたのに気がつき、バ――ッと商店街に行って「豆腐、豆腐」と思いながら歩いていたところ、ふと呉服屋さんの反物《たんもの》に目が留まった。

すごくきれいな色。緑なんだけど緑という言葉だけでは表せない、なんとも不思議な和風の緑……。その無地の反物が衣桁《いこう》に掛かっていて、私は思わず、

「これを着たいから仕立ててちょうだい。付属のものも選んでちょうだい」

という勢いで買ってしまった。当時は着物なんてどうやって着たらいいかも知らなかったし、わからないけどまぁいいやって。

それが着物との出合い。結局、豆腐を買うのも忘れて反物買って帰って来ちゃった。

それで、着物の取材に来た人に、

「その反物がサボテンみたいに見えたの」

と言ったら、

「はぁ？　そんな理由で買ったんですか？」

とビックリされた。

「普通の人はどうやって買うんですか？」

と逆にたずねたら、

「そろそろお嫁入りだからとか、お見合いに必要だからとか、友達の結婚式だから、といった理由で買うものなんですよ」

だって。は――――、そうなんだぁ。

私の選ぶ理由は、

「これが好きだ」

「これを着たら自分はどういうふうになっちゃうだろう？」

「これを身につけたら気持ちいいだろうな」

そういうことだから。

着るものや美容に関しては、第一に自分に似合うかどうか、そして、自分の満足度と相手の反応度の落としどころがすごい高いレベルで期待できるかどうか、それが基準。着るものはもちろん、肌や髪も相手との間に入るものだから、自分の好き嫌いだけでは判断しない。

世間がイメージしがちな、

「漫画家ってこういう格好するんでしょ?」

「やっぱり○○ハウスでしょう」

と言われてもねぇ、誰が着るかーっ。

漫画家のパーティって異様だもん。似合う似合わないにかかわらず、ほとんど○○ハウスの社内パーティ? その場にいること自体、息苦しくなる。

ある男性編集者が、

「あんまり外に出ない職業だから、華やかな場にみんな集まりましょうという時は、ベクトルがちがう方向に走りやすいんですよ」

と言ってたって。

私にとって現実的に一番お金がかかっているのは肌だけど、

「どうして靴って欲しくなるんだろう?」

と思うぐらい靴が大好き。パッと見た瞬間、「ああ、いいな」と惚《ほ》れる靴の数ってすごい。イメルダ夫人みたいに際限なく買えるんだったら、きっとものすごい数、買っちゃうと思う。まあ、金がないというしばりがあるから一生懸命考えて選ぶワケだ。

ブランドや値段で勝負しても美しくなれるワケがない●

自分が百円コスメの口紅を塗ってる時、隣で友達がシャネルを塗ってるのを見て、「ウッ!」と感じる人は、とりあえずブランドの口紅を買えば気が済む。でも、大切なのは、口紅をつけた時にどっちが似合っているでしょう?という勝負だ。ブランドネームじゃなくて仕上がりの美しさが決め手。

そうじゃなくて、

「クヤシイ! 私もランコム買っちゃうわ」

というのは落とし穴なので、そこにハマってはいけません。

「みんなと同じもの持ってないとイヤ」

「みんなが持ってるから私も欲しい」

というのは、小学生がお母さんに言うセリフだ。

「私の口紅はチープな値段なのに、こんなに似合っていて私らしいし、安上がりでモテちゃうし」

というほうが断然、楽しい。それで、ブランド好きの友達に、

「そのディオールのケース、使い終わったらくれない? 自分の口紅詰め替えるからサ」

と、ちゃっかりもらっちゃってフェイク感覚で遊ぶ。そこまでいけばすごいね。コスメオタクの人は、ちょっとだけしか使わないで放ってあると思う。回して回して！（笑）

私はブランド世代で、バ――ッと流行《はや》っていた時期があって、まわりにもブランドものを持っている人が多かったけど、なかなかなじめなかった。違法なんだけど、そういうブランドものをおもちゃにして遊んでいるようなフェイクの品物を見つけると、そっちのほうが面白くてうれしくなって、欲しい気持ちがムクムクした。

死ぬまでピッカピカ！ 女のツヤは生きる姿勢に磨かれる●

中年の女性の中に、

「私は女の部分を捨てないで生きていきたいの」

と、バリッと胸を張って言う人たちがいる。私は「?」と思う。女の部分って捨てたり取ったりできるもんなんだー、カセット式のものなのかなー？

私自身が爆発的にセックスに興味があったのは9歳の時だ。「キャーッ♡」という感じで、すごい興奮状態だった。当時は、ほかの心配もなくてスクスク育っていたと思うけど、幼稚園の時から好きな男の子がいたし、お医者さんごっこが大好きだったし、もう頭の中は真っピンク色で毎日そのこと関係でボーンと爆発してた。

だから、私は死ぬ9年前ぐらいまで、ずっと欲望のようなものがついて回るんだろうと思う。たぶんひとりで立てなくなるまで、アッ！おバァちゃん倒れましたっ!!という瞬間まで女であり続けるんだろうね。

セックスのとらえ方をうんと中心にもってきて大事に考えるか、パーツや道具のように考えるかは人それぞれでしょう。他人はどうあれ、私の場合は「55歳が適齢期」という発想と同じ。

今の時代は中学生がくたびれている、20代で疲れているという話を聞くから、そこから自分が生まれ変わってパーンと再生するには30歳ぐらいまでかかる。昔は「60でいろいろ終わってから花開く」とも言ったらしいけど、人生85年、何度でも！

やっぱり年齢じゃなく、生きる姿勢。25で老けこんでる場合じゃないよ。もったいない、体力もあるのに！

日本の女の人は60になったら60の格好をしなければと思いがち。私は気が若いから40歳の服を選ぼう！と思ってもいいのに、固定観念にしばられている人が多い。

精神的にコドモのままで外に厚いカラをつくり、誰かに守られ続けて、ある時、ガクッと老けこむなんてイヤだ。女としてツヤを持ち続けられる人は、やっぱり生きる姿勢がちがうんだよ。40歳あたりでもうハッキリ差が出ますぜ。

友達とどうつきあうか

自分を笑いのタネにできる人は友達づくりが上手●

やたらと友達を欲しがる前に考えてほしいのは、まず自分を見つめることが原点だということ。自分のことを言わない人、いくら話を聞いても正体が見えてこない人とは誰も友達になりたいとは思わない。

一時期、流行った言い回しでイヤだなと思ったのが、

「私って〇〇の人だし」

というアレね。そんなので自己開示しているつもり？　自己開示に近いことをやって相手の顔色をうかがっているのかな。「〇〇」の部分にどんな言葉を入れるんだ？

「私ってこだわりの人でェ、贅沢だからァ、お金かかっちゃう人だしィ」

「私ってェグルメだからァ、ラーメンとか断っちゃう人だしィ」

「私ってェ、高級ブランドの服しか似合わないって言われちゃう人だしィ」

セリフの中に自慢めいたニュアンスが入っちゃうとアウトだ。やっぱり、

「私ってこういうふうにバカだしィ」

と、お笑いとるぐらいじゃないと友達なんてできない。笑ってもらってナンボです。失敗した話、恥をかいた話をバーッとできないと相手は惹《ひ》きつけられない。自分で自分をほめそやす言い方は、聞いてるほうが「ふーん、だから?」と引いていく。

こんなカンタンな理屈もわかってない人は、相手がすごく見事なことをやってのけたり、かなわないレベルの容姿だったりすると、それに打ちのめされちゃう。自分をほめちぎって自慢モードで言うのも気が引けるから、「○○の人」という、やや第三者的な言い方を便利に使うんだ。

もし、会話の相手がこんな言い方したら、私なんてワケがわかんなくなる。

「はぁ?　この人、結局、何が言いたいワケ?」

「ケンカ売っとんのかぁ?」

「もしかして威嚇《いかく》されてる?」

とか、いろいろ考えて頭の中は「?」でいっぱい。

この言い回しは、「私はこういう人間なんだから認めなさいよね！」という強制を含んでいるから、かなり威力のある言葉だ。自己主張を勘ちがいしている人、「TOEIC何点です」が武器になると思いこんでる人と同じ。アクセサリーを見せびらかすようにまちがった自己主張を通して「私を好きになりなさいよ」と訴え、相手を思い通りに操作しようとしている。

そういう人たちは、いつも頭の中で、私はこんなふうに見られたい、あんなふうに思われたいと意識しているのだ。

「さっきオナラしちゃったァ！」

「さっき耳毛オヤジ見ちゃってさー」

「課長の鼻毛、どうにかして——!!」

そういうバカ話が人との関係のフックになる。

自分に必要な友達関係の〝濃度〟を考えてみよう●

自分が消え入りそうな感じがする時でも、せめて友達とつながっていれば、自分もちゃんと存在できるような気がする。たしかに、約束を交わせる関係は、つながっている感じがしてお互いに安心。ただし、約束をきちんと守れれば。ね。

最近は「友達」の定義も変化していて、若い世代ならケータイの出会い系サイトで知り合う人を友達と呼んじゃう、プリクラで一緒に写真を撮った初対面の人を「友達」という、そういったノリもある。人によって友達という概念が少しずつズレていて、向こうは友達だと思っているのに「自分は孤立している」と思いこんでる人もいるだろう。

自分に合った、必要な友達関係を選ばないとダメだよね。うんと濃い友達が欲しいのか、もっと軽い、お天気程度の話をするような人に近くにいてほしいのか。よく考えようってコト。

私の友達とのつきあい方は項目別にいろいろある。グチを聞いてもらう友達、一緒にバレエを観に行く友達、このごろの世の中に関する話をする普通のOLの友達とか。

私は人に相談というものをしないから、相談のための友達はいない。あとは、妙に肌が合う、分子構造が似ていて親和性の高い人。「飲もうか」というひと言以外は説明がいらない。そんな人とはときどき会って楽しい時間を過ごしている。

相談はしないけれど、答えを見つけるために心の中を分析したい時や頭の中を整理したい時に頼む友達というのもいる。グチ友達に近いけど、相手にガ――ッと話して、自分で整理して、

「ああ、こういうことだったんだ。どうもどうも」

と言って帰っちゃう。アンタ、何しに来たのよ?

自分を知ること。オープンになること。すすんで笑いのネタになっていじってもらうこと。

好き好き好き!って相手に伝えること。ちがう価値観をもつ、ちがう人間だからこそ面白い!と相手を受け入れてしまうこと。

それをお互いにできれば大親友。

幸せな女のカタチとは？

幸せとは、すべてが流動的な感覚で現在進行形であること●

私にとって幸せのイメージとは、〝活《い》きていること〟。有機的なアメーバーのように生き続けること。それには自分の感情生活が途切れず、つねに出し入れがあって、それに感応してくれる対象が絶対に必要。それは読者だったり友達だったり恋人だったりするけれど、その交流が止まったら死んじゃうような、幸福じゃないような気がする。

私は、いつも流動的な感覚があることが大切で、変化がなくなったり、よどんだり、閉じたりするとすごく不安になる性質《たち》だ。

普通に呼吸するのと同じように、古い家具を捨てて新しい家具に買い替えたり、新しい映画を観たり、人と出会ったり切れたり。そうやっていれば幸せ。

閉じた人が苦手という意味では、押し黙る手を使う人や、ただ性分で黙っている人でも、とにかく静かな人が目の前にいるとすごく気になる。どうしたんだろう？ 具合が悪いのかな？ と。「そんなことないよ」と言ってもらってやっとホッとできるんだ。

ひとり完結で、

「今日は空がきれいだった」

「ステキな人を見かけたな」

「こんなイヤなことがあった」

と感じて、自分の中に収めておくことはできる。だけど、私はそういう感情を表現するところまで進めたい。そして、相手のリアクションをも求めたい。ただひとりで感じて誰にも表現しないで仕舞《しま》っておくということができない。

〝いつか〟が口癖の人に、幸せないつかは永遠に来ない●

自分探しをする時期がある。いったい何をやりたいのか、自分の好きなこともわからなくてモンモンとした日々を送る。それは誰にも見つけてあげられないから、自分で探すしか方法はない。

執着している職種でも会社でもないのに仕事は続けてるという人は、私の将来はどうなっちゃうの？って不安なんだろう。だったら、その会社以外の自分のよりどころ――マンション買うでも、貯金をふやすでもいい、何かひとつ安心をガッチリつくっておいて、仕事は仕事としてちゃんとプロフェッショナルにやればいいでしょ。

自分が本気で力を注ぐ場所をつくらないのはなぜ？

「だって、いつか結婚するかもしれないし……」

ワ――ッ、出た出た出たァ！　こういう考え方する人ってひとり暮らしを始める時でも大きい冷蔵庫を買っちゃう。自分ひとりならワンドアかツードアで充分だし、近くにコンビニあるから買わなくてもいいやって考え方もある。なのに、〃いつか〃結婚するかもしれないから大きいのを買っておけばいいと思って本当に買っちゃうの。

こういうヤツに限って絶対、結婚しないよ！

本気で結婚する人は、〃いつか〃じゃなくて今日、合コンに行く。明日、彼氏を探しに行く。気になる男友達に電話かけまくるし、そうでなければお見合いセンターに登録しに行く。

結婚したら棚ボタで幸せが降ってくると勘ちがいしている女より、今、幸せそうで楽しそうな女のほうがモテる。〃いつか〃がベースにある人は、ずっと、いつかいつかと思い続けて、はい、おバァちゃんの出来上がり。

専業主婦VS.働く主婦、幸せならどっちでもいいじゃん!●

いつだったか、テレビでまた「専業主婦VS.働く主婦の大討論会」のような番組を放映していた。いろんなコメンテーターも出演してギャーギャーやってたけど、ホントくっだらない。

だいたい、論がないから論争までいかないの。まず、専業主婦は他人と何かについて話し合う、説得するということに慣れていない。だから、すぐ感情論になってしまって、それを同性である働く主婦たちが「アチャー」と言いたげな顔で見ている。

てんで話が進まないもんだから、司会者や男性コメンテーターが、「だから、今の話はこうこうこういう意味で……」と両者に説明し始めるという低レベル。ダメだこりゃー。

結局、女の人って本当は専業主婦も働く女性も両方したいんだよ。だけど、事情がキツくて許されないから、とりあえずどっちかになるしかない。実は双方とも「相手の立場がうらやましい」と言ってるんだよね。

表面的には自分の今の立場を守るために、あたかも敵のように相手をつっいちゃうんだけど、これは不毛ですよ。本音のところはどっちの味も味わいたいんだ。

私の知り合いに、出産前後の一年間、仕事を休んで専業主婦生活を経験した人がいるん

だけど、彼女は、

「私は専業主婦にはなれないってわかった。この生活は恐ろしすぎるから、一生、仕事やめないって決心して仕事に戻ったの」

と言う。彼女の場合は専業主婦を実際にやってみることができたから、自分で納得して本気で仕事に取り組むいいきっかけになったんだろう。逆に、専業主婦だったのにダンナさんが亡くなったり離婚したりして、否応なく仕事をしなくてはならなくなった人がいる。その中には、

「仕事がとてもツラくて……私はやっぱり人に養ってもらう人格だということがわかったの」

と言う人もいる。どっちにしても、「自分で自分のことがわかる」ということが大事。

「ひとりじゃ生きていけないわ」

と言う人には「再婚すれば？」という話もできるし、

「やっぱり私は専業主婦として生きていくのが一番」

と自覚した人なら、家事にも磨きがかかるってもんだ。

一度でもちがう立場を経験して自分を見つめ直した人は、専業主婦だったら働く主婦に対して「仕事があっていいわねぇ」なんてセリフを絶対、言わなくなるし、言えなくなる。

働く主婦も専業主婦として完璧に家事をこなそうとしてみたら、「三食昼寝つきでラクよねぇ」なんてイヤミも言えなくなる。

敵対する相手の立場を経験してみれば、さわやかな関係になれるかもしれない。やらなくてもわかる人はいる。でも、やってみてわかるというのは本当に理解したということだ。私たち女がみんな双方の立場を骨身に染みてわかってる連中だったら、不毛な論争なんて起こらない。どういう立場であれ、その人が幸せを感じて生きているならそれでいいじゃない? 相手の立場を攻撃して難クセつける人は、実は当人が満たされていないからだよね。その人の内面の問題だよ。〝専業VS.キャリア〟なんて、さも面白そうに仕掛けようとしているのは誰? 女性差別の激しいプロデューサーだったりしてな。

理想の女性は、ねばり強くて死ぬまで枯れない〝巨ババァ〟●

仕事上で知り合う女性には「コレになったら最高だ!」と思える先輩もいるけど、「こうはなりたくないよなァ」と思う反面教師のような存在も多い。まァ、同じ職種の人どうしは評価がキビしくなりがち。

女性の理想形としていいなァと素直に思うのは、遠い世界の人だったら、白洲正子《しらすまさこ》。〝巨人〟というか〝巨ババァ〟というか。この人が亡くなるちょっと前に書いた文章の冒頭がすさまじい。

「このごろ毎朝目がさめると、生きているのか死んでいるのかわからない時がある」

そんな意味の文章だった。老衰死寸前のようなことを書くなんて、どこかタブーだ。自分のそう遠くない死を実況中継しちゃうようなこの文章は何？　こんな状況まで書いちゃう、表現しちゃう白洲バァさんはすごいなぁと感動した。やっぱり現代的なバァさん、これからのバァさん、〝知の人〟だ。

白洲次郎さんも「この男はいったい?·」「こんなのがどうしてこの時代にいたのよ?·」と思わされる見事なダンディぶり。だから正子さんとも合うんだ、ふーん、漫画みたいじゃん！

105歳で亡くなった画家の小倉遊亀《おぐらゆき》もすごいし、「面構《つらがまえ》」「富士」シリーズの片岡球子《かたおかたまこ》も90代で、でっかい絵を描いている。

やっぱりババァのほうが強いよ。画家はジジィになるほど、どんどん枯れていく。絵のパワーもなくなって、きれいなだけで色気が感じられない。だけど、おバァさんたちは全然、枯れないんだ。ねばり強い。

日本の画壇のすごいジィさんたちは、白い馬とか山とか森とかリリカルなものを描いちゃう。おーい、どこいっちゃうのー?·という感じで、ちっともこちらに迫って来ない。巨匠ジィさんたちは感激屋さんが多くて、昔の話になるとすぐ泣いちゃう。ひとりで小さく縮こまっちゃって。弱い、弱すぎる、ガラスのような心……だから、可愛いなと思うけども、うっとうしいなァとも感じる。強烈な生命力は、やっぱり女性の画家のほうに宿っている。

シングルでいるための心得

20代で家を買い、女の家の家長としてベースを築いた●

20代に稼いだお金は家のローンにつぎこんだ。すごく現実的。22歳で初めてマンションを買って、そのローンの目途《めど》がついた時には父親に一戸建てを買ってあげたから、またローン発生。27歳でマンションを買い替えて、またローンを組み直して……。まるでローンと踊っていたようなカンジだ。

家は雨風をしのぐ場所で、環境の基礎、基本的な安心。だから、住まいに関しては非常に貪欲《どんよく》にがんばっていた。

仕事一本やりの時期でもあったから、アシスタントの女の子たちに手伝ってもらわないことには仕事が立ち行かない。だから、「女の子にとっての安心感とは?」ということも深く考えた。年齢からすれば自分だって女の子なのに、自分のことはさておき、彼女たちの幸せは？ 安心してキレイな線が描けるようにするにはどうしたらいいか？ そんなことばかり、じっくり考えた。

うちのアシスタントはみんな専属で、もう10年以上いる人ばかりだけど、当時の私は彼女たちを含めてひと家族という考え方だったから、専属という選択をした。そうでなければ、最初からクールに仕事の手になってもらう人と割り切って、その時々に臨時のアシスタントをたくさん頼んでいただろう。

女たちの家の家長として考えたのは、まず、安全――あやしい人が侵入して来ない部屋。それから、清潔――毎日お風呂に入れるとか布団がいつも清潔であるとか。そして、とてもおいしいごはんが食べられ、徹夜はさせず、働いてもらった分の報酬はきっちり期日に渡すということ。

こういったベースが保証されていないと、女の人は幸福にはなれないんだろうと思った。どうしたらこの子に可愛い恋人でいてもらえるか、という感覚で考えていた私って、ほとんどオヤジ？？？

「私って変わりモンだもーん！」が独身主義の切り札になる●

気がついたらまわりがみーんな結婚しちゃって、久しぶりに友達に会うとダンナさんや子供の話ばかりで話が嚙《か》み合わないし、盛り上がらない。で、なんとなく疎外感を覚えるという人も多い。

初婚年齢は上がる一方だけど、20代後半の頃、なぜか友達がいっせいに結婚しちゃう時期がある。東京周辺はまだしも地方に住んでる子たちは、30歳を超えるとプレッシャーがかなりキビシイ。一種のイジメみたいだ。

離婚経験のある知り合いは、「結婚は？」と聞かれるたびに、

「一回やってみたけど合わないからやめちゃいましたァ」

と答えるんだって。本人は全然気にしてないのに、質問したほうが、

「あっ、失礼なこと聞いてごめんなさい」

と引き下がるから、便利な免罪符になると言う。でも、独身の友達には、

「とりあえず結婚したからいいじゃないよ！　私なんて親から『離婚してもいいから一度は結婚してよ』って懇願される」

なんて言う人もいるんだって。他人がどうとらえるかというのは人それぞれで面白いね。

私なんかは「変わり者」というレッテルを貼られた時には安心した。これでかまわれな

くて済むと思った。

「結婚はまだ?」

そんなヘンな質問されても、

「だってホラ、私って変わりモンだもーん」

で済んじゃう。切り札を一枚もらえた気がして便利に使わせていただきました。

あらゆる方向からとことん考え抜いて、子供より男を選んだ●

私は一回子供をもちかけたことがある。その時は本当に真剣にシミュレーションした。もちろん経済的なことだけじゃなくスケジュールのやりくりもしてみて、それらに具体的に目鼻がつき、「産もうと思えば産める」という結論が一応出た。だから、私の目の前には、産むこともできる、堕ろすこともできる、という二つの選択肢があった。

決断は産む方向にかなり傾いていた。子供を産むことが、すごく魅惑的に思えて、「その方向へ行ってみたい！」という気持ちと「行っちゃイカン！」という気持ちとが、ガ――ッと引っ張り合って……。

結局、「私は子供より男の人のほうが欲しい」と思ったの。

子供というものは、いったんもっちゃったら、ものすごく楽しそう！ 自分のことをうっちゃって子供に打ちこんでも誰にも怒られない。それに、どんなことでも自分でいちいち判断せずに、子供がいるということで自ずと決定される項目が、ものすごくある。それをこなしていくための階段のようなものが目の前にバーッと立ち上がり、その階段をひたすらダ――ッとよじのぼっていけばいいというのは魅力だった。

ある意味で、自分に対して無責任でいられる。子供に対してだけきちっと責任取ろうという気持ちでいっぱいいっぱいで、自分はほったらかしという状態。そういう立場ってホントすごいと思った。一度ぐらいやってみたいもんだ、と。

だけど、結果的にダメだと思ったのは、子育てをやって仕事をやって、いろいろやりくりしている間に、全然予想もつかなかった事態や事故が必ず起こる。そういうのがバンッと私にかぶさってきた時に、子供のせいにしちゃわないか？　産むことを選んだせいだ、と思ったように育たない、そんなふうに感じるんじゃないか。その時、私は怒りをどこへもっていけばいいんだ？と考えた。子供をなぐっている自分？　ゾォッ。

「できれば産まないでほしい」と言う人が相手だったから、どこにももっていけない。

そこで、私にとって今、大事なのは、自分のよりどころになる男性なのか、それとも自分が滅私奉公《めっしぼうこう》することによって癒される赤ン坊なのか、どっちだ？と考えた。そうして、私にとっては男のほうだという結論を下し、その子は堕ろした。

こういう場合の判断は人さまざまだと思う。選択するまで突き詰めて考えられたのは、やっぱり自分の優先順位というものが、まずあるから。私がある種、職業上のプロフェッショナルだからということもある。女の人の中には、自分よりも子供に愛情を向けるほうが適している人もいるし、それこそ、「男なんてタネだけでいいの。私の人生にとって大事なのは私と子供」という価値観の人だっている。とにかく、よくよく自分で考えて選択して、その結論に責任をもてばいい。

子供が欲しいなら、出産や育児の苦労を覚悟した上で産むべきだ●

独身で30いくつの女性の中で、

「子供だけは欲しいなぁ」

と言う人に会うとギョッとする。何考えてんだ？　その人自身が痛い目にもあって、本当に考えに考え抜いて、そう決めるのならいいけれど、漠然と言う人は怖い。そんな人が親になると子供が犠牲になるからね。

不倫の末、

「子供はいらない、産んだら別れる」

とまで相手に言われ、生活のあてもないのに「どうしても欲しかったから」という理由だけで子供を産む人がいる。これって「あの人形が欲しい」「あのヒヨコが欲しい」というのと変わらない。出産やその後ずっと続く育児の苦労にまで思いが至らないから、育児の不満をどこにぶつけたらいいのか、何もわからないうちに現実に突っこんじゃって困った事態に陥る。

自分を見つめて考えられる人は少ないのかもしれない。そういう教育もなってない。自分の思い通りにならないという理由で幼児虐待する母親が増えているけど、思い通りにならないのが子供だし、人生だし、それが人間である証拠なんだよってわかった上で産んでほしい。

年齢リミットに振り回される人は自分の可能性をも制限してしまう●

30代になれば「高齢出産」という言葉が目の前にちらつく。生物学的に、一般の女の人は60になっても産めるケースは少ないから、リミットに押しつぶされる人も多いよね。

仕事にしても、35歳を超えた途端に求人自体が少なくなる。そうなると身動きが取れないからどうしよう?と思う人たちもたくさんいる。

リミットばかりに目が向くと、

「それまでに、なんでもいいから何かしなくちゃ」

「○歳を過ぎたら何もできなくなっちゃうかも」

「あきらめて結婚するしかない」

そういった先入観や固定観念というしばりを自分でつくってしまう。

でも、現実には40いくつでも前向きにがんばっているステキな先輩もいるわけじゃないですか。その人たちを見ないの？　その人たちに取材しないの？

なんだかわからない世間の空気やリミットに左右されがちになるのもわかるよ。でも、そこから外れている人たちがいる現実をどう考える？「あの人たちは私とはちがうもん」と思う？

ややこしいことからスパッと抜け出して生き生きしてる人たちが共通してもっている〝やり方〟というものが絶対あるはずだし、こんなふうになりたいという具体的な人が身近にいるなら、その人を目標に置く。そして、自分なりの5年計画とか、今年一年はどうしようとか、今月は？今週は？という思考法におとしこんで、とにかく毎日実践すれば、不安がひとつは減る。

その日課さえこなして、

「私なりに行けるようコースを選んで日々やっているんだ」

と思えば、世間の就職リミットや出産リミットに惑わされず、安定感も確保できる。

それ以外にも、ゆとりがどれだけあるかが大事。そのゆとりを恋愛や男の人探しに費やせるし、自分の自由になる時間から逆算して、デートは週に何回はしようとか、何ヵ月に一人はこなしていこう（？）とか割り出す。

これは目標をもった人の動き方だよね。リミットに押しつぶされちゃう人の動きは逆。「あの年齢までいっちゃったらダメになるから、その前に何々しよう」と考える。出産願望の強い人なら、高齢出産と言われる前に駆けこめるように、それまでなんとか男をとっつかまえて、とにかく早いとこ産んじゃおう——そういう思考法は、自分の可能性すべてを制限しかねない。

お仕着せを選んで文句を言う人は、いつまでたっても満足できない●

今、住んでいる家を建てた時に聞いた話。

経済的に許されるなら自分で家を建てたいという「絶対、注文建築じゃなきゃ！派」がいる反面、いくらお金持ちでも「建て売り分譲が好き派」がいるという。注文建築じゃなくて建て売り住宅を好む、お仕着せの間取りのほうがいいという人がいると知ってビックリした。

私は、せっかく家を建てるんだから自分で設計プランを考えたいと思ったし、事実そうした。だけど、建て売り派は自分でやって失敗して責任が自分に戻ってくるのがイヤなんだと。お仕着せの住宅に入って、「ここはちょっと使い勝手が悪いわ」とブーブー文句たれてるほうが快適らしい。何が快適なんだか私にはサッパリ理解できない。

私が家を建てた時の印象では、「私はここを全部、自分で決めたい」と言うと、まず建ててくれる人が喜ぶ。施工主の要望がわかりやすいし、なんでも施工主に聞けばすぐに決断して答えるから。たまには突拍子《とっぴょうし》もないことを言うけど、それは施工主の夢だから、夢がかなうようにと職人さんも一生懸命がんばってくれて、実現する方法を新しく編み出してくれる。だから、不可能だったことも可能になった。

そういう意味でも、私は自分の家に対する満足度が非常に高い。

以前、家の取材に来た人に、

「おうちの満足度は何パーセントですか?」

と聞かれたことがある。私は質問の意図がよくわからないまま、

「130パーセントぐらい」

と答えた。

自分でも思わぬところまで満足できる形になったし、設計上のいろんな夢が実現した家だから、そういう意味で「130パーセント」と言ったんだけど、取材の人は、

「エッ!?　それはおかしい」

と言う。

「普通は『コンセントの位置をまちがえた』とか『ドアはここじゃなかったんだ』とか、いろいろ失敗している部分があって、『満足度は80パーセント』あたりが相場なんですよ」

って。

うちだってコンセントの位置まちがいなんて当然あるし、選んだ照明がでっかすぎて頭をぶつけたり、ある窓はお隣の家の窓とあまりにも向き合いすぎて、お隣のお父さんとしょっちゅう目が合ってしまうトホホ窓だし、車乗らないのに車庫つくっちゃってもったいないし……、まちがいはまちがいでいっぱいある。でも、私自身の満足度はすごく高い。

それなのに一面だけでとらえて「満足度は何パーセント」と言わせたがる定規というのは、あまりにも平面的だ。

「建て売り分譲好き派」って、コネ入社やお見合い結婚で文句たれてる人に通じると思わない?

あなたの人生の満足度は何パーセント?

〝ひとり完結〟というライフスタイルでいくなら、まっとうしてよね●

男女の別なく「他人と関わらないで生きていきたい」という人々が増えている。引きこもりとまではいかないし、見た目にはごく普通の社会生活を送っている。会社にも行ってるんだけど、他人とはなるべく密なコミュニケーションをもちたくない。

そういう新しいシングル世代が、これからますます出てくるだろう。〝ひとり完結〟とでも言おうか。すがらない、カップらない。私たちの世代でもいることはいるもんね。それが、このままいけば、もっとポピュラーになっていくのかな。

昔だったら許されないことだけど、今は都心部でなくてもコンビニはあるし、なんでもお金さえ払えば他人に委託できるし、風俗もある、エステもある。からだを磨くことに一生かけたって、まったく個人の自由。

ひとり完結タイプは40歳になってからグチたれるなよ、今さら「サビシイ」とは言わせないぜ。死ぬ間際《まぎわ》に「シマッタ」とも言うなよ!

つまり、その生き方が本当に幸せかどうかということ。そういう人たちは「幸せです!」と言い張るんだろうな。だったら私も「恐れ入りましたァ!」と土下座する。まわりの誰にも迷惑をかけず、そこまで突き進められれば、いいんだよ、ひとりで完結したって。

自分のからだの調子をキープするために基本食をもとう●

食生活の乱れがよく話題に上るけど、若い子たちの中には、チョコレートやアイスクリームだけで三食済ませちゃうような子が、ずいぶん増えてきている。やっぱり、一回挫折《ざせつ》するしかないでしょ。食べものの悪習慣は、ケガするか倒れるかしないと直らないよね。本人が元気に回ってるつもりだったら、いくら反省をうながしても、注意を喚起《かんき》してもしようがない。

でも、そんなふうに育ったら長もちしなさそう。上の世代がボロボロ死んでいくのと同時に、下の世代もボロボロ欠けていったら怖いなァ。

大人は自分の基本食というものをもってほしいですね。自分のからだに合った食べもの。私の場合は、うまい水、うまいワイン、あずき、玄米、香りのいいソバ、なっとう、ヨーグルトあたりが常備食。ときどきモーレツに料理して、ときどき粋《いき》なレストランに出かけられれば言うことナシ！

美人はトクか？

客観的に現実の自分を見つめて、〝美〟についてマジメに考える●

最近、テレビで美容整形の特集番組が増えている。出来上がりを見れば、こりゃ別人だ！とビックリ。整形する人たちは果てしなく美しさを買い続ける、理想の自分に改造し続けるんだろうね。

生まれつきの美人はトクか？　そりゃトクに決まってる。でも、それが幸せかどうかはまた別の話。

〝美〟というものは女の人の命題。だから、マジメに一生かけて考えたほうがいいよ。不マジメに自分を飾り立てるアクセサリーをそろえたり、顔をつくり変えたり、ということをするなとは言わない。だけど、おかどちがいの努力に何十年も費やすより、もっと根本的なところでよーく考えよう。

可愛い子はトク、それが現実だということは早くから知っておいたほうがいいし、自分は可愛いか可愛くないのかも客観的に見つめておいたほうがいい。まずは、現実の自分を見定めること。

よく「美しさとは？」という話になった時、

「やっぱり心よ！」

と言う人がいるけど、これは話がすり替えられていてギマンに満ちている。

男の子も当然、子供の頃にそういうハードルが目の前に立ちふさがる。

「早く走れるヤツ」

「人の笑いをとれるヤツ」

「ムードメーカーになれるヤツ」

「アタマのいいヤツ」

といった人気の判断基準がいろいろ押し寄せてくる。

そういうハードルを越えなきゃいけない時点で、

「そうじゃない、人間は心だよ」

「手に職つければなんとかなるわ」

などということは二次的に考えることであって、美については、私はこの部分ではダメという所にハッキリとバッをつけて、「少しでも美しく見せるには」とか「ブスだけどきれいに見えるにはどうするか」とか、マジメに美について考えるべき。「心よ」という言葉は慰めにもなんにもならない。

男の好みや流行に合わせず、自分の長所を発見してアピールする●

アメリカのある性人類学者の本に、

「多くの女性が勘ちがいしているのは、セックスアピールを感じさせるような女たちがマスメディアにいっぱい出ているから、男はああいう女が好きだと信じこんでいることだ。それに近づくために一生懸命ムダな努力をし続けている。しかし、男は相手の女のそのままのからだが好きなのだ」

というようなことが書いてあった。

理想じゃなきゃいけないという固定観念にしばられているのかな。相手がいいと言ってるのに「そんなはずはない」「やっぱり巨乳がいいのよ」「スリムなほうが好きよね」と思いこむ。チグハグだよね。

今の若い世代は細いエンピツみたいな体形の子が増えてきたけど、男の子の好みは千差万別。そういう意見を聞いても「いや、絶対スリムがいいのよ」と女どうしで張り合う。

顔に関しても同じことだけど、

「槇村さんは面食いでしょ？」

とよく聞かれる。ちがうっちゅーの！　美形キャラを描くことが多いからかなぁ？　本人の好みは全然ちがうんだけど。

たとえば、自分が美しいと思う男、ジュード・ロウとかが目の前にいたら、ソワソワしちゃって全然おちつかなくてイヤだ。つきあおうとは思わない。鼻の角度とか目とか、ずうっと見ているだけだろう。友人として出会えたら話は別。面白いヤツだったらつきあって、ときどき「あんたハンサムじゃん！」と気づくだろう。

雑誌の人気投票で、女性読者からの支持が圧倒的に多くてベストワンになる女優でも、男の子の票は少ないということもある。女の子はその女優やタレントみたいになりたがっていても男は別に求めていないってこと。そういう意識格差はずっと埋まらないのかな？

勘ちがいしたまま男の子の好みに合わせて、自分を有名人に少しでも似るように改造するんじゃなくて、自分の長所を見つけて少しでも美しく見せる努力がカンジン。

わざわざ努力して美人になっても、妄想の対象になる覚悟が必要●

男の人でも女の人でも、小さい時から美形として育ってきた人には自覚がある。自分の美しさの効果がよくわかってる。それを上手に計算に入れる人と、「自分が美人だって気がついてる?」と聞きたくなるほど天然の人がいるよね。もちろん、気づいてない子のほうが断然モテる。

美形だということを自分でよくよく知ってる男の子でも、「いろいろ苦労があるんですよ」という域まで達しちゃって、二の線を早く脱ぎたいぜ!みたいな気骨のある子がいいな。

相当な美人に生まれついたことで、かえってかわいそうだなと思うのは、ヘンな男に妄想ばかりもたれちゃって、本当の姿を見てもらえない人。勝手に幻想をつくられたんじゃ不愉快極まりないだろう。

私もなんか勘ちがいしている男の人とつきあったことがある。その人は、私が描いたもののイメージをそのまま私に投影していた。だから、つきあっていてもチグハグしちゃって、すごくおかしかった。

美人だったらこうだろう、というのと同じで、槇村さんだったらこうでしょうというのが彼の中にカッチリあって、こちらが戸惑ってしまうほど類型化したイメージを押しつけてくる。

「槇村さんはオナラの話はしないはずだ！」

そういうたぐいの思いこみが激しい。会話してもズレていくばかりで、「はぁ？？？」と言うしかない私は、いつも置いてきぼりになっちゃう。これじゃ続くわけないよネ。

モテたい一心で美人さんになる努力を重ねて、それが幸せ？　わざわざ相手に誤解されるような容姿になる必要なんか全然ないのに。やっかいなことを増やすだけだよ。

自信がついて自分を好きになると「私もきれい」と思えるようになる●

多くの男性たちとつきあったところで、モテてると喜んだり、女としての自信につながったりということは全然なかった。女の人だったら誰でもわかると思うけど、たくさんの男にモテたって意味がない。男はどうも多数にモテると自信がつくらしいんだけど、女の人はちがうよね。自分から好きになっていかないと何も始まらない。

昔から私は、

「アイドルだったらどの人が好き？」

と聞かれても、モゴモゴと口ごもった挙げ句、「わからない」としか答えられなかった。

そりゃ、いろいろステキな人は世の中にいるよ。でも、それが自分の相手とはどうやっても想定できないから。

「あなたに合う人は？って聞いてんじゃないのよ、好みの人よ！」

「芸能人だったらどの人になりたい？」

なんて聞かれることもあったけど、私は全然、特定の誰彼になれればいいなと思うこともなかった。「もしも○○だったら」という発想自体がないんだ。

「女性としてどんなタイプになってみたい？」

と聞かれたら……。そうだなぁ、南米のサンバを踊る、お尻がキュッみたいなカンジ。それとも中国でバレエやってる子のようにまっすぐなカンジ。その二つのどっちかにはなってみたいね。お風呂に入ったら、ひざ小僧はバスタブのどの辺にあるんだろう？　そんな程度のもの、調べてみたいだけ。

自分自身のことを「私もきれいじゃん！」と思えるようになったのは、自分の生き方に自信がついて、自分のことを好きになってからだ。それまでは、中途半端な好きになり具合というか、自分に甘いというか。たとえば、体重をカッチリ100グラム単位で量れる体重計を持ってるくせに、ときどき、数字をごまかしてグラフに書いたりしてた。ホントの自分を認められなくて妄想というか、仮想というか、ウソの世界にフワフワしてたんだよね。それじゃあうれしいことも、悲しいことも、どっちもリアルに受け入れられない。

人として弱いよね、現実を見つめろよっ（笑）。

やっぱり、誰かとつきあうときは〝素《す》〟でつきあわなきゃいけないし、外見をつくろったり、理想の〇〇〇になったつもり……でやっちゃあ大事なことを見落としてしまうよ。

老いるのは怖い？

シワが増えたって、笑いジワなら全部上向きでチャーミング！●

キムさんにつきあって、ときどき昔の映画を観る。もろ古典的な美人やカツラ系美人、洋風美人がいっぱい出てくるから、今の子も女優さんも全然みんな普通じゃん！という感覚になってしまう。

現代は、どんなにおヘチャでも〝個性的〟とか〝ユニーク〟とか、いろいろバリエーションをつけて「可愛い」と言ってもらえるから、いい世の中になったね。美人という言葉のもつイメージが拡大して、トシをとるのも怖くないと思う人がすごく増えている。

トシをとればとるほど表情がポイント。やっぱり、笑顔をもっているかどうかでしょう。その笑顔にも深さってものがある。うわべだけの笑顔や目が笑っていない笑顔には、誰も惹《ひ》かれない。

あるドキュメンタリー番組で、難病の子供たちの希望をかなえてあげるボランティア団体を紹介していた。最初は、ずいぶん高飛車な集団だなと思ったけど、観ていくうちに「難病を抱えていても自分から向かっていかなければ、希望の扉は開かないんだよ」ということを一緒になって考えながらサポートしていく活動だということがわかった。

その日本事務局の女性が、すごく表情のいい人なの。シワだらけなんだけど、笑いジワだから全部上向きのシワ。もう、いろんなことを突き抜けた感じの笑顔だ。

その人と行動を共にしている別の女性は、いわゆるボランティア顔で、魅力といったらイマイチ。同じことをしているのにそれだけちがうのは、まあ人間性の問題なんだろう。

私と同じぐらいの年齢なのに目尻にシワひとつない人もいる。美容整形でいくら修整しても、シワはやっぱりその人の性格を反映するから、そっちが改善されないことには、また3年で同じシワができる。

だから、こうなりたいという人をたくさん見ておいて、彼女たちのエッセンスを早めに取りこんで、自分の美の追究の仕方を決めておかないとね。丸ごとマネしよう、ではなくて、自分の美のポイントをしぼりこむこと。具体的に希望が見えるというのはわかりやすいから。

おバァちゃんになっても……可愛くなくて気骨なババァになりたい●

私がおバァちゃんになったら、〃千代ばあ〃になりたい。『おいしい関係』に出てくるおバァちゃんで、頑固なババァ、気骨なババァ、やっかいなババァだ。あんなふうになりたい。

「可愛いおばあちゃんになりたい」

と言う人がいるけど、それを聞くたびに、こいつ、赤ン坊返りする気だなと思ってゾッとする。おバァちゃんになっても「可愛い」って言われたいがために、まわりに愛嬌《あいきよう》を振りまいたり、へつらったりするの？ ヤダよ、そんなの。やっぱりサ、

「おバァちゃんいるからやっかいだね」

と思われたほうが、なんか幸せ。可愛いなんて絶対、言われたくない。妖艶《ようえん》なババァもいいね。私はなれないから憧れる。たとえば、八千草薫《やちぐさかおる》みたいな妖艶なババァ。彼女が、

「ポリデントしなくっちゃ、ウフ」

と言うと、おジィちゃんたちがフルフルッとふるい立つような……。男を振り回すババァ。

とにかく、可愛がられたいとか保護されたいとかは思わない。また赤ン坊に戻っちゃうのが人生だとは全然思わないよ。

孤独とのつきあい方

孤独を埋めようとして依存症にハマる前に、原因に食いつけ！●

シ――ン。「ああ、私って孤独……」という状況に落ちこむ、ということはない。仕事はもちろん、ほかにもやりたいことがいっぱいあるから退屈じゃないんだよ。

誰か人に会うたびに、

「なんか面白いことない？」

と言う人がいるよね。まさに漫画の冒頭の一コマ目に入るセリフ。

「なんかさあ、最近、楽しいことない？」

が口癖の人は、自分の真ん中の部分がカラッポなんだ。だから、ディズニーシーに行っても、デートしても、おいしいものを食べても、中心の部分は埋まらない。そのカラッポ部分にカレシを入れたりイベントを入れたりして埋めようとしている。よくないです。ブランドとか買い物の依存症にハマるタイプだ。美肌フリークもそうだけど、あれって果てしないことだから、すぐハマれるよね。

依存症とは孤独を埋める作業だと言われている。買い物依存なら、買う瞬間の興奮があって、当然お金を払うから店員さんにチヤホヤされる。おべっかも使ってもらえて、相手にしてもらえる、かまってもらえる。女優っぽく演技もできるよね。

だけど、結局は買うまでのこと。買ったものを実際に身につけるかどうかは買い物依存の人にはあまり重要ではない。着もしないで捨てたりする。服やバッグ、靴がブランドの袋に入ったまま、家の中に山のようにあってアリ塚みたいになっている。

彼女たちは私生活に、ものすごく不満を抱えている。お姑《しゅうとめ》さんとの確執とかいろいろあって、ダンナさんも全然無関心。それで、クレジットの家族カードだけもらっているから、ストレス発散のためにパーッと使っちゃう。

不満の原因である彼に正面から食いつけばいいのに、クレジットカードばかり切りまくってどうする?

人は孤独なもの。孤独が怖いのは誰も同じ。孤独だから人を思いやれる●

若い時の私は孤独をあまり感じなかった。父親という愛憎の対象がずっといたから寂しくはなかった。むしろ、いつも頭の中でガチャガチャ文句を言われてる感じで、とにかくウルサイ。たとえひとりでいても頭の中ではすごい葛藤《かっとう》があったから、退屈しているヒマもなくて。

それが、「お父さん、もういいや。死んでくれ」みたいに思って切り離した時、頭の中のガチャガチャもなくなっちゃった。その時、あれっ？ ひとりじゃんと気がついた。

「私の家族って……ネコだけ？」

と、あたりを見回し、ヒョーッと「あ――っ、ひとりだ」と思った。一瞬だったけど、初めて孤独というものの姿を見た。

今の私が〝ひとり〟だとものすごく感じるのは、人を待ってる時。好きな人がこっちに来るのをずうっと「ああ、まだ来ない」と待っている。そんな時のほうが〝ひとり感〟がある。

専業主婦だったら、どちらかと言えば〝受け〟の立場になってしまうから、そういう〝ひとり感〟が毎日あるのかもしれない。夫の帰りを待ってて、これも話そうあれも話そうと思ってるのに、「つきあいで遅くなる」だの、帰って来ても「疲れてるから」と寝てしまう。

かまってほしい人にかまってもらえない時は、すごく孤独だ。うまくいっていないカップルは、ふたりでいても孤独感が強いだろう。

だけど、孤独ってそんなにいけないこと？

イヤがる人が多いけど、本当は何が怖いんだろう？「孤独だ孤独だ」と悩んでいる人に聞いてみたい。

実際に困るのはどんなこと？　ひどい目にあったのはどこ？　症状はどういうふうに出たの？　かゆくなったのか痛くなったのか。……そんなふうに具体的に聞き出そうとすると、実は何もない。ただひたすら「ウッ」とフリーズしちゃうような恐怖にすぎないんだ。

その恐怖があるからこそ相手を大事にしようとか電話しようとか、やっぱりあやまろうとか、そういう行動につながるわけだから、孤独は絶対に必要。次のアクションを起こすためにも。

いつも孤独じゃない状況をつくって、他人の世話で頭をガチャガチャにしていると、「思い通りにならない！」とキレかねない。頭が休まらない人生、グチが止まらない人生。にぎやかな状況に問題をまぎらわせちゃって、いいの？

人間は生まれる時も死ぬ時も、その間もずぅ〰〰っと孤独。これは真実。

そうじゃない!とか、それじゃイヤだ!と言ってる人は青くさいコドモ。現実を受け入れて、それからでしょう。

私はひとり。あなたもひとり。だから一緒にいたいんだもの。

パワーの配分。使いどころ、抑えどころ

リサーチばかりにエネルギーを消耗するより、自己開示が先決●

相性について考えるようになったのは、仕事でけっこう鍛《きた》えられたから。同じことを言ってもピタッと入る相手と、言っても言っても入らない、何をやっても逆立ちしても入らない相手がいるんだということがわかってきて、相性ってあるんだなと思うようになった。編集担当者がそうだし、読者と自分とのマッチ具合もそう。全然すり合わない時があるし、ダメだと思ったのにウケる時もある。合う・合わないは、すごくハッキリした形で現れるから、よくよく考えて合うようにもっていったり、自分に合うように仕組んで相手にもっていったり、そうしないと商売は成り立たない。だから、マッチングってなんだろう?と考えるようになった。

スランプに陥った時は、人気がなくなったことだけが大問題になっちゃって、相手に合わせようとか、調査すればなんとかなるんじゃないかとアガアガした。でも、そんなことを試しても人気は出ない。じゃあ、どうすればいい？

その頃、表面上はいつものページ数をこなして描いているんだけど、自分の心の中では最低線スレスレ、もう海に落ちます……みたいな感じで、ダメの底の底まで来たなという状態だった。

そこから浮上するには、あれこれ持ったままじゃ浮上できないから、一個だけにしようと考えた。それと、今までの失敗の中で何が一番の失敗だったかを振り返り、あの時点から失敗したと思うポイントを見極めた。

あの時、私は主人公を小手先でつくってしまい、これでイケると思ってやっちゃった。たぶん、それが失敗の原因。そう考えて「小手先でつくらない」と決める。そして、自分が今、思っていることを素直に描こうと思った。

これで当たらなかったら、それはその時の問題。今まで漫画に自分を出していなかったから、読者に受け入れられるかどうか予想もできなかったけど、とにかく自分を描くことにした。そうしたら当たり出したんだ。

一番苦しかったのはスランプの真っただ中ではなく、人気にすがっていて、読者や編集者が何を求めているのかだけにとらわれていた時期だった。自分のことを突き詰めて描いていくのはツラくてキビシイ。でも、相手次第で一喜一憂するストレスはない。

それからもうひとつの発見。一般的に考えてもプロの漫画家になるのはなかなか大変だから、私は自分が普通の人とはちがう感覚をもっているんだと思っていた。だけど、私がごく普通に恥ずかしいとか、普通に人が好きとか、そう思うことをありのまま描いたら、普通の人に普通に読まれたからビックリしたし、なんだ、私も普通だったんだとわかったの。私の考えることは異常でもなんでもなく、人間なら誰でも感じること。このままでいい、これをもっときちんと描いていこうと思った。

つまり、相手の様子をうかがっていたら全然ダメで、自分のほうからどんどん発信したら受け入れられたということ。恋愛についても同じことが言えるけど、自分が相手の好みにハマりさえすればピックアップしてもらえるんじゃないか、人気が取れるんじゃないか、恋愛できるんじゃないかと思うのは勘ちがい。相手に合わせるのではなく、ありのままの自分を開示することが大事ってことだね。

省エネのソーラーカーのように少ないエネルギーで走り続けるくふうを●

読者の傾向を把握するためにマーケティングリサーチのようなことをして作品を描き、

人気のある漫画家もいる。「今の子は横着《おうちゃく》だから幸せが降ってくるような話が好き」と分析し、そんなふうに見切って描く。ミュージシャンにもいるよね、マジメにリサーチして歌詞に反映させてヒットをつくってる。

そういうことを続けると熱がなくなる。描くというのは、自分の思うことを素直に表現すること、自分の心をこめる作業だから、マーケティングで得た結果とは温度差がある。私はちょっと熱があったほうが魅力的だと思う。どっちの方法を選ぶかは人それぞれ。

商売として上手にやってる人は、それこそ読者ニーズが前提にあって、それに対応するのがこの商品です、という感覚。そういう漫画家は自分の人生と漫画がリンクすることはないみたい。漫画はあくまでも仕事で、恋愛は私生活だから全然、表に出さないとか、趣味は趣味で別に位置づけて、スキーに行ったりガーデニングに凝《こ》ったり、〇〇ハウスの服が大好きだったりと、自分を分割してパートごとにやっている。私にはちょっとできない芸当だ。

年齢の曲がり角にくると体力的にグッと落ちる時があって、キッイ！と実感する時期が段階的にある。そういう曲がり角曲がり角で省エネを考えていかないと長くは描けない。

じゃあ、省エネを実践するにはどうしたらいいか？

趣味と私生活と仕事を三分割したら三つの核が必要だ。それじゃ大変だから、一個にまとめる戦略を考える。そうすれば、省エネのソーラーカーみたいに少ないエネルギーでずうっとノロノロでもいける。これが理想。

具体的に言うと、すごく大げさなアクションものを描く場合、見開きのページで爆発のシーンなんて描いたら大変。一人が専任で取りかかっても1日半ぐらいかかっちゃう。だから、そういうシーンはやめよう。学校の中の話にすると、机といすを描くだけでもすごく大変な作業になる。じゃあ、そういう話もやめよう。

それでも面白いものはどういうもの?と考えた。それまでの私の漫画は割と大げさな話が多く、スケールを広げて仕事を拡大していったという感じ。たとえば、お客さんが4千人で舞台のこっち側が30人というのを描いていたから、相当な画力と物理的な時間と人手が必要で、ものすごく絵も大変だった。

そうじゃなくて、一対一で話が済むと絵がカンタンになるんだけどなぁ。一対一の話?それはやっぱり恋愛でしょう。しかし、私は恋愛ものを描いた経験がなかった。全然、描けなかった。だから、自分にとっては新しいテーマでもあるし、一対一で絵が済むし、若い時よりは男の人や恋愛に関しても思うところがあるから、よしいってみよう!という感じで『イマジン』という作品を描いた。私的には初めての恋愛漫画なんだけど、あれは親子漫画だと思われてるらしい。まァ、いいけどね。発表してしまったら作品は読者のものです。

誰に対しても、どこにいても、自分は自分として一貫させる●

恋愛漫画を描き始めた時、ドラマとは何か?と考えた。「西部警察」もドラマといえばドラマだし、一対一で漫才のようにしゃべる話にもドラマ性はある。どっちを選んでもいいんだ。次に、真ん中に出来事やストーリーをもってくるか、それとも人物をもってくるかという選択。そこで、私も大人になったんだから人物でしょうと思った。

若い時に人間が描き切れなくて、それがコンプレックスになっていた。いつか、きちんと人間を描きたいという気持ちがずっとあった。

とにかく人間だ、ひとりと相手、それだけで事足りる。バックもベタとホワイトと電話機で済む(?)。そして、ストーリーは私自身のやることとからあんまり離さないことを念頭に置いた。白馬の王子様がやって来るおとぎ話ではなく、電車の中で「イヤだな、あの男」と思ったのとくっついちゃった、というようなリアリティのある話。世界を自分から離さないでひとつにまとめる。そういう作業を一生懸命やり始めた。

自分の言うこと、やること、描くことを一致させる。私にはそれが一番ラク。好きな男の前では可愛い女のフリ、同性に向けてはフェミニストの顔、そんなヘンな人にはなりた

くない。いつでも、ボソッと言ったことでもウソじゃなくて、誰かに、

「あなたはあそこで、ああいうこと言ってたよね？」

と言われたら、

「言ったような気がする。いや、たしかに言った」

と答える、責任がもてる人間でいたい。

相手に合わせて自分をつくると、この人にはこう言った、あの人にはああ言ったと、いちいち覚えておかなきゃいけないでしょ。子供の頃よくやった失敗だけど、疲れる。

世間一般につくられた男の子ウケするイメージを背負って、いろんな顔を使い分けていると、いつかはボロが出る。それは時限爆弾を抱えているようで自分が安らげないし、そういう怪人二十面相みたいな女性とつきあっている男の子も安らげないよね。

キム・ミョンガンのツボ●3●

男の生き方と何がどう違う?

男と女の違いをお互いに認識して、その特性を尊重し、わかり合えるように努力する。それは基本でしょう。しかし、男と女のどこがどう違うのか。生物としての違いは明確ですが、それ以外は何とも曖昧《あいまい》です。

男と女はこんなに能力が違う、などと言う人もいますが、何の能力がどう違うかは何一つ立証されていません。地図の読めない男は世間にはいくらでもいるし、方向音痴ではない女もたくさんいるのです。外で働くのが男で、家の中を守るのが女、という認識も古くからの刷り込みに過ぎません。

社会の物差しで男女の役割を決めてしまうのは実に良くないことだと思います。つまりは、男と女の違いを云々《うんぬん》するのではなく、一個の人間どうしが、お互いの違いを認識し、個性を尊重し、理解を深めるように努力することが大切なのです。

私は家事が好きだから、専業主夫になっても良かったのです。私の両親は共稼ぎで、母はずっと働いていましたし、私の姉たちはダンナの仕事を手伝っていましたから、働かない女というのは考えられないのです。だから、女の人が働くのをジャマしたり認めなかったりするのは、子供の頃からいけないことだと思っていました。

結婚というものは、いつ破談になるかわからないのですから、その時に経済的な保証がなければ目も当てられません。私は、稼ぎも貯金もないために逃げられない女たちをいっぱい見てきました。

やはり、経済状態は夫婦の関係にとても影響します。男だけが稼いでいれば、主と従の関係ができないはずはありません。どちらかが従う、私はそういうのは大嫌いなのです。

日本人の男も在日韓国人の男も、たいてい縦の関係で見てしまいます。男どうしであっても同様なのです。

在日の世界に縦関係でない社会はありえません。男尊女卑が当たり前なのです。女がダンナのために稼いで食わせるのも当然で、ダンナはその代わりに飲んだくれたり女を買いに行ったり……。私はそれが嫌で嫌でしようがなかったのですが、私のような人間は在日社会の中では異端で、まったく相手にされませんでした。

私の親父はまだ柔軟なほうでしたが、それでも、40、50年前の日本のお父さんは、まだ封建的で、女の子に対してどう教育してよいかわからなかったのです。とくに在日の女の人は働く所がなく、できるだけ早くお嫁に行くしかなかったのです。

女の人がお金を稼ぎ、社会参加して活躍してもらわないと魅力がありません。きれいな人でも専業主婦になると色あせてしまう人がどうしても多いのです。自分のダンナの金をヘソくっているような経済状態が、ミジメな主従関係をつくってしまいます。女としてだけでなく人間として哀しいと思います。

女の人はどんなに才能や力があっても、家庭に入って子供を産んで10年も経てば、もう〝浦島太郎子〟です。私の姉は二人とも、とても教養があって頭も良く、馬力もありましたが、結婚してドーッと子供ができて10年経ったら、夫の仕事と家庭以外のことはあまりわからなくなってしまいました。

今、元気な40、50代の女がかわいそうだと思います。やり直したくても、その度胸もチャンスも経済的なバックボーンも何もないのです。

一〇〇年前の専業主婦の平均寿命は40代前半で、今の日本人の平均寿命からしたら半分ぐらいの年齢で死んでいました。50歳は充分にお婆ちゃんでご隠居なのです。今の50代に「お婆《ばあ》ちゃん」と呼びかけたらブン殴《なぐ》られます。

日本で数少ない老人医療専門の施設で10年間治療にあたった先生が、「75歳までは老人扱いすべきではない」と言っています。75歳まではヤングオールドで、「そんな人たちに老人パスや老人医療専門のサービスをするのはおかしい」とも……。

75歳以下で介護を必要とする人は、その施設の10年分のデータでも全体の5パーセントぐらいに過ぎません。60歳などの定年の基準は、20、30年前の老人医療のデータが基になっています。本当にガタがきている老人の資料しかないのに、それを定年の基準にしているのです。

ボケとか脚が悪いとか、重度の介護を受けている人は100人のうち5人です。それなのに、老人食の奨励など何の意味があるのでしょうか。

結局、好きなものを食べて好きなことをしている人のほうが長生きするのです。高血圧だろうが高脂血症だろうが、それで本人が充分に元気だったら問題ないのだと、その先生は言っています。

人間が本当に年をとるまでには、時間が有り余るほどあります。40、50代でも人生をやり直すべきだし、フットワークを良くするためにも働くべきだし、家庭に落ち込んでいる場合ではないのです。

若くして結婚し、20代で子供を産み、青春の一番良い時期を育児にとられ、50歳ぐらいで手が空いたら、今度は暇で暇で仕方がない。

私の所へカウンセリングに来る奥さま方の平均年齢は47、48歳です。閉経や更年期を迎えていますが、まだまだ元気バリバリ。

人間が一番充実してくるのが40、50代からだと私は思います。その頃までに、自信と人間関係と喜怒哀楽が熟成していないといけないとも思うのです。

人生の充実期にやることがなくなり、社会参加もできず、誰の役にも立てないのでは、とても寂しいことです。だから、働いている女の人は基本中の基本。働く女は、それだけで素晴らしいと私は思います。

第4章

結婚編

心地よい距離感

お互いの深い部分に入りこまなければ、ふたりの距離は縮まらない●

私は電子メールが苦手。手紙もまどろっこしいし、電話も顔が見えないし……。ガチンコっぽい性質《たち》だから、すぐ言いたい、今、向き合って話がしたいと考える。そのせいで怖がられることもあるけどね。

携帯電話の距離感は、ひとりぼっちは絶対にイヤ、でも、すごく親しくなるのもイヤということ。絶対に自分が傷つかない距離感。相手が持っているのが飛び道具だと怖いけど、なぎなたなら目に見えて距離が測れるから避けられるということだ。それ以上は決して近づかない、という距離感のままでは、ふたりの間は永遠に埋まらない。

キムさんと私は、雑誌の対談で初めて会った。話せば話すほど、すごいエネルギーの人だと思って圧倒されたし、ワクワクした。

会ったその日に飲みに行って話している時、キムさんはいきなり、

「あなた、今、幸せ?」

と言った。おまけに、

「あなたに日本人は合わない。外国人のほうがいい」

と自分のことを指さした。なんだあ、この人???

本人に言わせるとかなり酔っていたそうだけど、初対面なのにお互いの深い部分に入りこむ会話をしちゃって、その上「私、幸せなのかなー?」と考えこむ展開になった。

キムさんの言葉を借りれば、波動が合う、相性がいいということもあるんだろうけど、出会ってすぐにお互いをさらけ出したことで距離が一気に縮まって、相手の核心の部分を確かめ合えた。

キムさんの結婚相手の条件は「働いていて健康な人」、私のパートナーの条件は「素直で元気で自立した男性、自分の身の回りのことをきちんとできる人」だった。

キムさんは私の仕事と自由とプライドを尊重し、サポートしていきたいと言って、その言葉通りに実践してくれている。

生活リズムのちがいも発想のスケールのちがいも新鮮で楽しい●

私は、5年後ならどういう仕事をしてるか、10年後はどういう生活をしてるか、そんなことをいつもボンヤリ考えてる。

キムさんは、「毎朝生まれて毎晩死ぬ」という感じで、クールというか〝一日の人〟なの。セミより短い一生。毎日、生まれ変わってるみたいな人。

キムさんは、朝起きる時もからだをゆっくり目覚めさせる。私のようにボーッと起きてきて、キッチンでコーヒーいれて、ガッと飲んでパチッと目を覚ます、そんなショック療法みたいなことは彼は絶対しない。

夕方になれば、日が暮れ始める5時半とか6時ぐらいに入眠の準備を始めるもんね。オイオイ、仕事しないのかー？（笑）でも、それが自然なんだろうな。

これだけ一日の生活リズムがちがうと、お互いにストレスにならないかとよく聞かれるんだけど、私はキムさんのように、

「一日一日、生まれ変わり、蜻蛉《かげろう》のように生きる」

なんて、かつて一度もマジメに考えたことがないから、そういう発想に対して異論も何もない。たとえば「1年後は？」という間隔で私が考える場合、そこにキムさんのリズムが365個入って来るだけという感じだから。

キムさんの他人の見方も独特。彼はいつも、

「超能力、欲しいなぁ」

なんて言ってるけど、私から見ればけっこうな超能力者だ。誰かと1分ぐらいしゃべって、「どーもどーも」と別れたあと、ポツリと「あの人さぁ、枯れたトウモロコシみたいだよね」などと言う。非常に観察眼がスルドイ。あまりにも真実をついてて毎回バカウケ！

私たちは何に関しても、ひとりが考えていない部分をもうひとりが考えているという具合。いろんな意味で、お互いに尊敬し合っている。

すれちがいもスケールのちがいも、ふたりして面白がっているからうまくいく。

生活観の格差を面白がる

生活感覚がズレていても尊重し合えばいいだけの話●

私がキムさんに対して、

「あのね、こうやって貯金すれば365日でこれだけの額になるの。それで利率の高いところに預ければこれだけ増えるんだよ」

と言ったら、彼は、

「へえー。うん、わかった」

と貯金する。そうして、1年後、通帳を見せながら私が、

「ほーら、こんなに増えたでしょ?」と言うと、キムさんの返事は、

「はー──。1年ってすごい時間の積み重ねなんだね」

という調子なの。将来的な生活費、人生設計的な経済生活に関しては、彼はまったく考えがないけど、それだけの話。

着るものに関しても、私はおしゃれするのが好きだけど、彼はお気に入りのマドラスチェックのシャツとTシャツが何枚か、あとはポケットがたくさん付いたアウトドア用のベストがあれば充分だと考える人。だから、私はそのTシャツがゾウキンのようにならないうちに、新しいのを用意して無理やりにでも取り替えさせる。キムさんにとって衣類は、寒暖の調節ということが一番の役割なんだろう。

食べものに関しては、そんなにズレはない。どっちも食べることには、かなりゆるくお金を使ってるかな。キムさんは自然医学にもとづいて飲食のことを考えるから、その時々の体調によって食材を選んだり、食べに行く店を決めたり。そういうことも自由にできる環境だから。ふたりとも働いているおかげで、一日三百円メニューとかには引っ張られないで済んでいるけどね。もし、経済的に余裕のない状況になったら、それこそ、からだにいいものを鍋《なべ》にいっぱい作って1週間食べ続ける、なんてことをやるかもしれない。

仲良く年齢を重ねる楽しみ

沈黙はフェアじゃない。話し合いは大人としての必須条件●

今、50代の離婚率が高いけど、

「私、20年前からガマンしてきたのっ！」

と、いきなり離婚届を突きつけるのはどうかな。なんで20年前にそれを言わなかったのサ？　その夫婦がきちんと人間対人間のつきあいをしていたら、そんな戯《ざ》れ言《ごと》は言えないはずだ。

ず――っと黙ってたくせに、女の人だけが「私は結婚生活の被害者です」と言うのはずるい。やられちゃったと思う側が口に出していかないと、いつまでたっても相手には伝わらないし、黙っているのは大人としてフェアじゃない。

結婚もひとつの契約だとしたら、お互いがぶつかった段階で、「ちょっとちょっと、私はこう考えていたけど、あなたはどうなのよ?」というミーティングがもたれるべきだ。それで、しょっちゅう契約に関する修正や新しい法律が加わっていかないと、〝生きている結婚〟ではなくなってしまう。古い憲法だけを守り続けていればいいなんてことはない。暗黙の了解、あうんの呼吸なんて錯覚にすぎないよ。

妻は「私を愛してるのは当然でしょ」と思っていて、夫が「キミのために一生懸命、働いているだろう?」と言っても、奥さんは「愛されてる気がしないのよね」と、すれちがうケースはイヤになるほどよくある。

「あなたにとって愛って何?」ということを常に確認し合わないと、不満のぶつけ合いもできない。契約の内容をふたりで確認していく、それが必須。ミーティングタイムでもなんでもいいけど、それを実行できるのが恋愛期間だろうし、できないんだったら長く一緒にいられる可能性も薄くなるよね。

いつも自分の本心を自分の言葉できちんと語り合える関係に●

ふたりの間の会話で肝心なことは、相手がその日に何を感じたかということ。つまり、喜怒哀楽の話。

「○○ちゃんがあれを持ってて私も欲しいと思ったの」

「今日イヤなババァ見たわ」

なんでもいい。

みんな、いろんな方法を使って、愛とは何？　恋とは何？　と見極めようとしてるけど、私は何よりも、

「これに関して私はこう思うけど、あなたはどう？」

ということが大切。愛してるんだったらバラ50本以上くれないと……なんて、そういうものじゃないでしょ。

私は機嫌が悪くなる時はもう、歩き出して三歩で悪くなる。さっき言われたこと、あれはどういう意味？……と傷ついた途端、もう気分が悪い。歩き出して三歩ぐらいで立ち止まり、クルッと振り向いた時には、さっきと顔がちがってる。そして、

「そこに座りなさい！」

という勢いで、

「さっき言ったこと、どういう意味なのかきちんと説明してくれる？」

と言ってしまう。

こういう場合、私の相手方はどう対処すればいいか？

まず、背中を見せたら殺される（？）から絶対に逃げられない。だから、距離をうまく取りつつおちついて話を聞く。相手が何を欲しているか見極めて、上手になだめるのが得策。こんな時、機嫌の悪いほうの言い分はコドモじみたものになっていて、しゃべりながらも「いったい何言ってんだ、私……」と自分でもイヤになり始めてたりするし。

ともあれ、とことん主張する、とことん相手の話を聞く。そういうことを自分ができるかできないか、相手に言えるか言えないか、相手がうまく受け止められるかどうか。これには、もちろん相性も影響するけど、お互いを深く理解していればふたりなりの解決法が編み出せる。

楽しいカップル生活に入るためには、いつも自分の思っていることをハッキリと言えないとね。ふだんから自分の言葉で語る練習をしておかなきゃダメ。

というわけで、私の場合は漫画の中にかなりズケズケ言うタイプが出てきちゃう。

精神と肉体のエネルギー値を高くキープするには日々の管理が大切●

キムさんは、からだのエネルギーや精神力を維持するために、食生活ひとつとっても細かく実践している。彼自身そういう生活が長いからスタイルも決まっているけど、私は締め切りに合わせて無茶することもある。

体調を管理しながら、なだらかな線を描くように暮らすのが理想だろうけど、私は時にその線がクッと止まったり、グニャッと曲がったり、ガクーンと沈んだりするから、彼はそばで見ていてハラハラしているだろう。

基本的に、彼は私に対して、

「あなたがやりたいように」

と言うけど、あんまり無理が重なって体調をくずしそうなときは、さすがのキムさんも、

「私は昨日のあれがまずかったんだと思うけどねぇ」

と言ってくる。こっちは原因すら忘れているので、

「あう〜、そーかーそーなのか〜〜〜」ってカンジで。

私自身が良いコンディションを維持するために実践しているのは、「お日さまと一緒に」ということ。トシとともにお日さまと一緒に過ごすようになってきた。ベランダで花に水をやったり、近所を散歩したり。

それから、新陳代謝を良くするように心がけてる。妙チキリンな時間に発汗したり、夜中に描いたりするのはよそう、夜はちゃんと寝ようというふうに生活時間も変えてきた。

若い頃はほとんど夜型で、だんだんズレこんでいって真夜中に描いてる、そういうパター

ンばかりだったから。

キムさんを見ていると、自分自身のケアがすごく早い。

最初にビックリしたのは、ちょっと暑い日に一緒に歩いていたら、途中でいきなり着替え出したこと。道端でハダカになるんだよ～。そんなふうに、自分のからだの調子に合わせて、どこででも薄着になったり厚着になったりして調整する。猛暑の時、営業マンがタラタラの汗かいて来るのを見るたびに、これじゃあ人間、壊れちゃうよなぁと思う。それに比べると、どこでもハダカになっちゃうキムさんってマル？　これもちょっとだよなぁ(苦笑)。

それから、キムさんのお得意が〝不思議なベスト〟。いわゆる釣り用ベストで、そのたくさんのポケットからは、ごま油にナッツ、クッキー類、リンゴにバナナ、朝鮮人参の粉……なんかが出てくる。ドラえもんの〝どこでもドア〟みたいだ。

散歩の途中で私が「エ――ン、疲れた」とか「おなかへったー」とか言うと、キムさんは「どうしたの?」と言いながら不思議なベストのポケットから食べ物を繰り出す。おなかがすきすぎという状態はからだに悪いらしい。だから、とりあえず何か食べること。

「すぐその場で補給すると回復が早い」

とはキム先生のアドバイスです。

共通の趣味なんかいらない？

映画と散歩とキャッチボールで過ごす、ふたりの時間●

ふたりの共通の趣味はないし、一緒にすることもあまりない。あえて、つくっている部分もあるかな。キムさんは映画が好きだから、私はあんまり観なかったんだけど、彼につきあって観るようになった。映画は面白いからね、いい趣味だなと思う。

あまりにもふたりですることが何もないから、一緒に歩く。私が運動不足だから気になるんじゃないかな。キャッチボールにも誘ってくれる。

私は小さい時、キャッチボールがヘタで、すごくくやしかった記憶がある。男の子はみんな遠投とか得意でしょ？ 体育の時間にテストがあって、私は遠くに投げられなくてイヤだったんだよね。だから、今、キムさんに、

「キャッチボール、キャッチボール！」

と言うとつきあってくれるんだけど、私がボールを投げるたびに、彼には、

「なんでこんなに投げられないんだぁ？」

とすごく呆《あき》れられる。

私は高校時代、演劇部と体操部に所属していて、考えてみれば漫画に至るまでずっと似たような路線なんだけど、体力づくりのためにエアロビクスをするとツラくなっちゃう。あのハイテンションにはどうもなじめない。先生の満面の笑顔さえ見てるのがツライわー、なぜ笑う？みたいな気持ちになるね。

キムさんはラグビーをしていれば幸せな人。こんなふうにお互いの趣味が共通していなくても、人として大切な部分が通じ合っていれば、それでいい。

趣味とは自分を楽しませるためのもの。パートナーが変わるたびに趣味もコロコロ変わる人は、結局、自分がないってことだよネ。

いたわり合って生きる幸福

幸せは日常にあって、ほんの小さなやりとりやかすかな変化にも敏感になれる●

宗教美術にピエタという主題がある。聖母マリアがキリストをひざに抱く絵や彫刻。私はなぜか好きな男の人に対しては、ピエタのように看取《みと》るイメージが浮かぶ。これが私の母性。

キムさんの〝クレヨンしんちゃん〟みたいなたたずまいとか、ゴリラの子みたいにボ――ッとしてバナナが落っこちてくるのを待ってるような様子を見てると、胸がキューッとするよね。って、それは私だけか？

でも、キムさんと結婚したおかげで、ボンヤリしている時間さえ幸せだなーっと思えるようになってきたから、こりゃけっこう上等だぜ、と思ってる。

私は人生のスタートから、

「やっぱり刺激がなくちゃ」

「アイツを踏みつぶさなくちゃ」

そんなことの連続だったので、当時は、心って何?ということすら全然わからなくなっていた。すごい闘争生活(?)だった。

今は、ごく日常の生活の中にまで幸福感がおとしこまれている。

「今日は暑いねー」

と言ったら、

「最高気温は31度、最低は23度よ」

と返事がくる。ただそれだけで幸せが感じられる。

幸せな時は、空の色も毎日ちがうし、風が運ぶ季節の匂いにも敏感になるし、誰かに触れた時もポッと温まるように感じる。そのあたりを描けるようになってみたいものだ。


彼のアドバイスを尊重しながら、結論は必ず自分で出すのが私らしい生き方●

キムさんは自然医学を研究している人で、私の精神状態や体調も含めてチェックするホームドクターのような存在だと彼は自任しているみたいだ、ありがたいことに。

私のコンディションが良い・悪いというのは全部、彼が先に気づく。私の顔色や階段を上る時の足音、寝相、そういうところをよく見ていてくれる。

それから、匂い。私にはフワーッと匂いのする時期があるんだって。

「臭《くさ》い匂いがする時と揮発性のいい匂いがする時があって、周期がある」

と言うから、ああ、そうなんだーと思った。自分では気がつきにくいことだよね。

いつも私のコンディションをチェックしてね、と頼んでいるわけではなく、普段の生活の中で自然に細かく診《み》てもらっているという具合。それで、

「顔色が悪いんじゃない？」

「これを食べたほうがいいよ」

などとアドバイスしてくれるし、彼にとってはそれが研究のおもなテーマでもある。

私が精神的または肉体的なストレスを抱えこんでいる時は、キムさんは、ひたすら全身を耳にして聴いてくれる。そして、彼なりのアドバイスをくれる。

キムさんの視点に立って自分を見つめてみる、ということは試すけど、私はキムさんの助言がホントに正解！と思っても、そのまま受け入れるのはダメなんだ。どんなに重要な事でも、どんなに小さな事でも、決めるのはあくまでも自分の肌合いだし、イケル・イケナイは自分で考えて責任をもちたい。そういう考え方をキムさんも尊重してくれている。

キム・ミョンガンのツボ●4●

私の結婚生活

私は自分の住まいが別にあって、週に2、3日は槇村さんの家に帰ります。彼女と私の仕事のペースには少々違いがあります。

平日、私は夜の11時半から0時までには寝たいのです。朝は、どんなことがあっても7時から8時には起きます。体操して一日の準備OK。私は午前中に勉強したり原稿を書いたりと、エネルギーのすべてを午前中に出したいのです。午後からは読書やスポーツ。なるべく夕方までに仕事を全部終えて、夕方からは走ります。その後、汗を流しにお風呂に入りますが、棺桶《かんおけ》みたいな浴槽は大嫌いだから銭湯へ行きます。できれば夜は早めに一杯飲んで、本を読んだりビデオを観たりしたいのです。サラリーマンという職業を選ばなかった理由は、こんな生活ができないからです。お金よりも自由と快感優先です。

槇村さんは夜型です。と言うより、朝、起きないから夜遅くなってしまうのです。

よく眠るタイプなので、あまりジャマするのもいけないのですが……。彼女も朝は9時半か10時には起きます。そうしないとすれ違いになってしまいますから起きてもらいます。

槇村さんは本当にまじめな人で、ものすごく勉強しています。テレビで一番好きなのは、ニュースとドキュメンタリー。新聞、雑誌、単行本……、暇を見つけては本屋へ行って買いこんできて、読書したり勉強したりしています。猫のようにソファでダラーッとしている姿は見たことがありません。

彼女は好奇心が強いせいか、ずーっと何時間も集中するから目を悪くしちゃうんです。本の読みすぎで眼圧が高いので、私は「1時間に10分ぐらいは休憩しなさい」と言っては肩を叩《たた》いてあげて、照明のコントロールとお茶でフォローしてあげます。極端に深夜・早朝にならない限りはジャマしないようにしています。

食事は基本的に、夕食を共にするようにしています。私にはあまり作らせてくれません。私も料理は大好きだから本当は作りたいのです。私は体に良ければいいやという考え方ですから、見た目より実質重視。彼女は見た目にきれいかどうかが大事なのです。槇村さんは江戸っ子だから（?）脂っこいものを好みます。天ぷら、コロッケ、唐揚げ……私はめったに食べませんが。

槇村さんの料理はスピーディで、ブワーッと作るんです。でも、その後が大変です。

後片付けに一時間ぐらいかかります。私が作る時は作り終わると同時に片付けも終わっているのです。彼女は細かいことが苦手で、「作りながら片付けたら？」と言うと怒るので言わないようにしているのです。良く言えば集中力がある、悪く言えば脳がひとつのことに集中しすぎる。でも、作るときは本当に一生懸命です、漫画と同じで。

槇村さんは私の書く仕事が増えて、あれこれ書いているのを安心しながら祝福してくれています。私は自分の奥様が、いろいろな人に受け入れられて好かれているということを見たり聞いたりするのを本当にうれしく思います。

彼女が元気に仕事をして、いい作品を描いて、生き生きしていることが一番うれしい。その状態をどうやったらずっと続けてもらえるか、ということをひとつのテーマとする私は、そーっと後ろから目に見えないようジャマしないようサポートしていきます。槇村さんは、きちんと何年間も仕事をしてきて、自分の手で稼いでいるんだから、今さら私が何を言うことがありますか。

でも、馬車馬みたいなヒトだから視線はいつもまっすぐ。それをちょっと目先を変えてあげたり、馬車馬の路線にニンジンか何かをちょこっと置いて、ときどきスローダウンさせたりするような配慮が必要なのです。昔のように無茶な生活はしないで、マイペースでやってほしいと思います。

実際、結婚後の彼女はあまり無茶をしなくなりました。精神的に安定したからではないでしょうか。精神的・肉体的に無茶をさせないこと、不安がらせないことが私の役割だと思っています。

私は基本的に一日一生という感覚なので10年後のことなど考えません。彼女とも2年後どうなっているかはわかりません。でも、最近は、少なくても1年、2年先のこと――死なないように、元気で生活することを考えねば、と思い始めたのが私の変化です。毎週末にはラグビーをして、毎日いい顔して、おいしく酒を飲んで、気分良く生きたいですね。

40代が武器という女と50代が武器という男に、デコボコがなかったりキズがなかったりということはあり得ません。だから、お互いに過去のことはあまり聞かないようにしています。何があったところで今までの肥やしであって、誰かを殺したり深く傷つけたり裏切ったりしたわけではありませんから。

大事なことは、好きな人物、嫌いな人物、食べたいものと飲みたいもの、喜怒哀楽を感じるところ、失ったものと欲しいものが共通しているということです。

残忍で冷たいヤツ、外面《そとづら》だけいいヤツが嫌い。人間に対して基本的に許して、包容力があって、愛情のある人はOKなのです。

彼女には家庭や親子、そういうものが最初から何もない。戻ることもできないし、つくろうとも思っていない。私のほうも家庭というものが面倒くさい、温かい平凡な家庭をつくろうとも思わない。

　私は祖国や国家というものも嫌いです。韓国籍だけれど、法律上のものに過ぎませんから自分の国だと思ったこともありません。今までの自分の過去や帰属意識に重きを置く気持ちがないのです。ずっと一番大事にしているものは、今生きている自分、共に生きている人、それに賛同してくれる友達。

　私は、夫婦や友達といえども〝つかず離れず〟が基本です。どんなに親密な相手でも入ってはいけない所があるから、必ず〝いい隙間《すきま》〟を開けておこうと思っています。そこに風が流れなくなったら、接触している部分から腐っていきます。

　槇村さんとはメジャーの映画のように結婚を契約して、今は決定的に別れるような理由はありません。私はちゃんと付き合うと割と長持ちします。とりあえず5、6年の耐用年数（？）はあると思いますから（笑）。

対談■槇村さとる&キム・ミョンガン

「幸せ」ってこういうこと?

「幸せになりたい人」と「幸せにしたい人」が出会ったら■

キム　私は自分が幸せになりたいなんて思ったこと、あんまりないんですよ。だから、人とおつきあいするときには、この人をどうやったら幸せにしてあげられるか、1対9か2対8ぐらいの割合でひたすら奉仕精神ですね。……と言っておきましょう（笑）。50歳ぐらいまで定住する場所をもたず、「家賃1万7千円の木造アパートが好き」という生活を送ってきたから、しょせん人間は〝空《くう》〟という感覚で、ヤドカリのようにあっちへ行きこっちへ行き、風の向くまま気の向くまま、誰も傷つけず誰も殺さず……とね。ところが、何かを主張するということは人畜無害じゃなくて、薬になろうと思っても毒にもなっちゃう。だから、私は毒と薬になりたい。だけど、なるべく〝空〟とか〝無〟、つまり、諸行無常の状態で生きていたい。

槇村　キムさんは、〝ちょっと地球にワインを飲みに来た仙人〟って感じの存在なのよね。

キム　ラグビー選手だからね。ラグビーって試合中、味方を自分の力で助けてあげられるスポーツで、攻守どころを瞬時にして替える。それが身についているのか、それとも基本的にボランティア精神があるのか。

　私が好きになる女ってだいたい共通点があるんですよ。ちょっと寂しそうなところがある。そこにつけこむんだな、私は。

槇村　つけこまれたんですか？（笑）

キム　うーん、やっぱり似たものどうしだったらダメですね。なるべく正反対、陰と陽がいいわけ。きれいで幸せな人はそれで完結しているから放っておいていいじゃないですか。だけど、私で喜んでもらえるならば、お役に立ちたい、幸せにしたいという気持ちのほうが強いですね。

　個人的な幸せみたいなものは、健康で病気さえしなければ、酒が飲めてラグビーができて、ネエちゃん口説《くど》けて、それでもういいですよ。

槇村　私の場合、「幸せ」はイメージ先行。だから、キムさんとは全然ちがって「幸せ」は絶対あると信じていて、そこに向かっていかなくちゃ、と「幸せ」のことばかり考えてる。

　キムさんに最初に会った時につっこまれたのが、「あなた、今、幸せ？」って言葉。その直前までキムさんは山のように面白い話や仕事の話をしていて、私はウヒャヒャヒャヒャヒャって聞いてたところに、いきなり。それで、ガ――――ンときた。もちろん、「幸せ！」

って答えたかった。幸せかどうか、とにかく答えたかったから一生懸命考えたんですけども……。

結局キムさんに対しては「いやぁ、幸せじゃないかも……」という答えになった。そうしたらキムさんがすぐに、「幸せになりたかったら、私のような男性とつきあうのがよろしい！」って、いきなりセールストーク？ じゃないや、ボランティア？ っていう展開になっちゃったんですね（笑）。「私は幸せ」と答えていたらどうだったかな？

キム　もうそれっきりですよ。なあんだと思って。

槇村　あ、つけこめない、みたいな？　黙りこくっちゃったのが良かった？「ハイハイ、幸せです」って即答しないで良かった〜！

キム　幸せかどうかって、それは話していて顔色とか、ふっと見せる横顔でわかるじゃございませんか。「男が待ってるから早く対談終わらせて帰りたいわ」という雰囲気じゃなかったから。槇村さんの答えは確信していたわけじゃなくて、やっぱり勘ですよね。私は財産や地位、名誉はありませんけど、直感が一番の売りもの。

そして、元気で明るく素直で健康で、いろんな人を慰めてあげたり元気をつけてあげたり、人の気のつかないことを研究して、人を幸せにするためにどこかで役に立つだろうと思えば、それだけで自分の人生はいいよって思ってるんですよ。だから、いかに何を捨てていくか、無一文で、手に何も持たないで生きられるっていうのが幸せですよね。そのために努力してきました。

世の中の矛盾とか社会的な問題、自分にとっては政治的な問題とか、同性愛、近親相姦、性差別の問題、国籍や戸籍について、ただ単に突き詰めていきたいことを一生懸命やりたいから、余計なことはやりたくないんですよね。

槇村　私は仕事に関してはキムさんとまったく同じ考え方。やりたくないことはやらないほうが身のためだというのは体験上わかってきたけど、私生活ではキムさんに習うことばっかりですね。キムさんの自律的なテンポがうちへ入って来てからは、私にもリズムができてきた。

キム　私が槇村さんてエライなと思うのは、否定的なこととかネガティブなことを言わないこと。「しんどい」「くたびれた」「面倒くさい」、それを言わないのがいいですね。やらなきゃならないことは、もう歯を食いしばってもさりげなくキチッとやる人です。

それぞれの「幸せの第一条件」とは？

キム　一般的な男の人は、結婚して子供が生まれて平凡で安定した生活があり、そこそこ地位や社会的なバックボーンがあって、というのが幸せだと思いこんでいる人が多いのかもしれませんが、男性は本来、自分が社会的にやらなきゃならないという義務とか背景をもっていないと思うんですよ。

私の場合、自分の幸せは自分の置かれた社会的な出自や背景を外しては語れないんです。私は在日韓国人ということとセクシュアリティの問題がのしかかっていて、まったく孤立無援状態でした。セックスの専門家というだけでヘンタイ扱いされたり冷たい目で見られたり口もきいてくれなかったり。社会的・政治的に派手に裁判なんかやっちゃうと、それだけでイメージがつくられますから、京都では職を失い、友達を失い、女は逃げ……だから、東京へ来たんですよ。

知人が「京都にいたら単なる一変人で終わるぞ。東京でコメディアンとしてお前を売り出すから」って言ったくらい。でも、東京へ来て一年間は無収入。それでも、ともかく一千万円たまったら京都に戻ってもう一度、社会的な運動しようと思っていて、'95年には東京を去るつもりでした。で、その時に大地震。そのせいでいろいろあって一からやり直し。あの地震がなかったら京都に帰ってましたから、槇村巨匠とも会わずに〝孤独な青年〟のまま同じような人生を繰り返していたかもわからないですね、何がどうなるやら(笑)。

槇村　私は自分で感じることとそれを表現することがセットになっていないとダメみたい。受け止めてくれる相手や対象がいないと、循環や交流がないと、もう一発で死んじゃうという感じがするんで、そこが幸せの一番大事な条件だと思うのね。

交流できる人がいないと、その部分が閉め切った納戸や倉庫みたいになっちゃって、風通しが悪くなる感じがするから、そういう相手がいればすごく幸せ。

男の人もかなり完成度の高い人になるとひとりでも幸せになれる人もいるし、女の人もそういう人がいるんだけど、私の場合はどうしても女、もうどうしようもなく女だなという感じがするんで、やっぱり男の人が必要なんだろうなぁ。

キム　自分はこの世の中にどういう使命をもって生まれてきたかということが大事だと思いますよ。料理人は「ありがとう、おいしかった」の一言で本当にうれしいって言うじゃありませんか。

近所の鮨屋《すしや》のおやじなんて「毎日3時間しか寝ない」って言うの。朝から築地《つきじ》に行って、ご飯炊いて仕込みに追われる毎日。それでもお客さんが「おいしい！」って言えば、それだけでうれしいって。それも人生だと思うんですよ。漫画を描く人もそうです。どうやって自分の読者を激励して、道を開いてあげて、慰めてあげて……、やっぱり心身の浄化につながります。

誰かに喜ばれたり、慰めたり、救ってあげたり、元気づけてあげたり、そういう喜びを生み出さなかったら生きている意味がないと思うの。自分だけの食いぶちを守るために人を蹴飛ばしたり、低いレベルで地位とか名誉を争ったり、体面を守るためだけに生きている人は、しょせんそういう次元の人だと思うんですよ。かつて私が教えていた京都の大学の教職員の大半は、そんな次元の低い連中でした。

幸せなカップル生活って、こんなカンジ■

キム　私は、とにかく自分の存在をこんなに喜んでくれる人がいるというのが一番の幸せですよ。私の体温とかぬくもりとか冗談とか、何かサービスしてあげて、それで相手の喜ぶ顔が見られたら一番幸せです。

毎朝、起きたら「今日はどうやって喜ばせようか」とか「今日はどうやって気分よく仕事をして一日を終わってもらおうか」と考えるのが私の幸せ。それでニコッと笑ってくれたら、こっちはああ気持ちいい……鮨屋のだんなとあんまり変わらないんです、私。

槇村「ああ、おいしかった！」って？

キム　そうそう。今日も一生懸命1時間半ぐらいかかって掃除して、「きれいだ」っていう意味の「ヨシッ！」という槇村さんの声は、「おやじ、今日はおいしかったよ」というのと同じ（笑）。

私、何も特別なことはあなたにしてあげられませんから、私のもっている素材だけで喜んでくれるならば。

　私はベッドでも、私が2で槇村さんは8ぐらいのスペース。この人の枕の一段下に私の頭がくるようにして、この人がふっと横に手を伸ばすと私の頭がさわれるようになってる。私って、なんでこんなにけなげなんだろうと思いますけども（笑）、そうしないと寂しいと言うから。私でその寂しさが慰められるのならお役に立ちましょう、ということです。そうやって喜んでくれて気分よく生きてもらって、生活共同体としてのお互いのデコボコがちょうどうまく補充し合っていいんじゃないでしょうかね。

　槇村さんは「今月もお疲れさま」「今週もお疲れさま」という感じで仕事をして、きちんと切り盛りして計算をして、お給料をみんなに払って、いろいろなところに振り込みをして買い物をしてる。ああ、ちゃんと生きてるんだねということを間近で見せてもらえる。それが、だらしないくだらないレベルで満足して努力しない人だったら、私は知らない間にスーッと一歩ずつ逃げて、距離をもってサヨナラするだけの話ですよね。

ひとりの女性としてきちんと立派に仕事をされて、世のため人のためになってますから、そこが素晴らしいと思います。そういう人でなかったら尊敬に値しないでしょうね。

　愛情、尊敬、けなげな努力、そういうものがなければ一緒に住む意味もないし、お近づきになる意味もない。そこに打算が入ったり、腐れ縁だったり、そういうものがあれば、

自分の存在を
こんなに喜んでくれる人が
いるというのが
一番の幸せですよ。

もうダメですね。
槇村　そういう人に限って「一心同体」とかヘンなこと言うんだよね。「二心二体」だよね。
キム　私は親戚などまわりの人たちに、「槇村さんと一緒になった」って言ったら、「うれしい！」「ファンだったの！」「槇村さんが大好き」と言われて、ものすごくうれしかったですよ。
槇村　私たちが一緒になる前に「両方の本を買って本棚に並べていた」という読者の方々からよく手紙をもらうんです。だから、「ふたりが結婚しちゃったって知った時はヒャーッとびっくりしたけど、自分の本棚を見て、なるほどそういえば結婚しそうだと思って、なんだかうれしくなって手紙を書きました」という内容の手紙を何通も読むたびに、なんだかニヤニヤしますよね。……なんだろう、それは何がうれしいんだろう？「そうだよ、必然なんだよ」みたいな、そういう快感なのかもしれない。

キム　やっぱり、精神が気高い人でプライドをもって、それに見合うだけの努力と生活をしている人だったら尊敬に値しますよ、男であろうと女であろうとね。

槇村さんの漫画を読んで激励されたとか、生きていく力をもらったというのは、それはやっぱり素晴らしい仕事だと思います。きれいな絵は心の反映。あの絵を見ると、相当、浄化されてないと、ある境地、ある世界には到達できないなという感じがします。絵のことはあんまりわかりませんけど。

肯定感や安心感があれば、
なんでもない時間や
一杯のお茶でも
幸せになっていける。

槙村　絵はきれいだけど心は全然よ（笑）。心はキムさんでしょう。……こんなきれいで大丈夫なんだろうかっていつも思う。

不幸を捨てて、幸せ体質になりましょう！■

キム　健康になりたければ悪いものをやめなさい、だけでいいと思う。幸せになりたければ、あんたが幸せでないと思っているもの、何がジャマをしてるかを考えて、ジャマしてるものを自分で排除していく。その捨てる勇気と度胸があれば、ずっと同じ所にいてもその人は勝手に幸せのほうへ行っちゃうよ。

だから、幸せになるためにと、ものすごい〝人生の腹筋運動〟をすることないと思うの。そこにいてお前が不幸なのは、あんたの親？　あんたが甘えた悪い男？　あんたのその根性？　人生の余計なものとかまちがってるものをポイポイ捨てるだけ、それに気がつくだけでえらいちがうと思うんですよ。

槙村　拾うばっかりで捨てることにあまり意識を集中しないのかもね。

キム　『人生の捨てる技術』『不幸を捨てる技術』っていう本を書くといいんだよね。

槙村　いいんじゃない。「まずこれから捨てろ」って1週間メニューから始まって、「1年であなたはこれだけ捨てられる」。

キム　好きでもない男とだらだらとデートをして、ホテルへ行って楽しくもないセックスして……その男との関係を捨てろ！でしょうね。

槇村　なんか腐っちゃう水、よどんだ水、みたいなカンジ。

キム　ひとりで生きられないと思っている人は、モノがないと自分というものが形成できないんでしょうね。すっぴんになって、どんどん脱皮していかないと新陳代謝が悪くなると思うんですよ。

　槇村さんの場合だったら、そっと背中を押してあげるのがいいし、ある時には後ろから蹴飛ばしてバンジージャンプのような状態でたたき込むのもいい。そういうことをどこかでやらない限り、30、40代になっても不幸なままの人がいっぱいいるんだもん。

槇村　停滞しちゃってるんだよね。でも、そういう人たちも直感で「これだ！」って思えるようなものに出合ったら、すぐ親でもなんでも捨てると思うの。人間って希望がないと進めないし、捨てられないから、そういう人やものと出会う場所、心に響くような場所へ積極的に出かけて行かないとね。停滞したままだと絶対に捨てられなくなっちゃう、どんどん守っちゃう。

キム　恋愛する時も、１００パーセント完璧な男を探してるうちにダメになるよね。

槇村　１００パーセント完璧と思っても、イヤだと思う部分があるのを見つけてバツをつけちゃうわけでしょう。バツをつける前に「あっステキ！」と思った自分が絶対にいるはず。条件を見てからバツじゃなくて、自分が好きになった気持ちにどうしてバツをつけるんだ？　ときめいちゃった気持ちはどうするんだ？　それを大事にしないで捨てちゃうっていうのはなんなんだ？と思う。それが動く時の一番の核になるところじゃないですか。
キム　自分自身がやり直したい、幸せになりたいと強く思わなければ。今のままでいいやって抜け出したいと思わないのは、もう日本中で掃いて捨てるほどのセコイ不幸って私は言いたいの。
槇村　いいよね、それ〜。掃いて捨てるほどのセコイ不幸、〝閉じた女〟。
　20歳ぐらいまでは親のせいで、25歳以降は自分のせいでしょう。年齢とともに自分の責任がだんだん増えてきますよね。外から見ると立派な大人なんだよね。でも、性的には子供のまんま。
キム　30過ぎて働いている人で〝閉じた女〟になっているのは自分のせいだよね。自分で泥沼から足を引きずり出さない限り、あんたの足をどうやって俺が抜け出させることができるのかって。
　こういう女の人はよっぽど歯が痛くなったってガマンしちゃって歯医者に行かない。〝心が歯周病〟になってるのに、どうすべきか気がつかない。何かのセリフで「生まれて間もない頃から歯が痛かった人は、自分の歯が痛いことに気がつかない」っていうのがあった。痛いとか不幸とかもわからなくなっているわけ。

槙村　そういう人って夜中にワァワァ泣くこともないのかなぁ。何も感じないようにしちゃうのかもね。

キム　感覚がマヒしちゃってね。

槙村　自分に対しても閉じている。

キム　私と槙村さんは旗色が似ているんです。嫌いなやつとか好きなものとか、感動するところとか相づちを打つところとか、喜んでくれるところとか、そういうのが似てますね。いろんなものをキャッチボールできるところ、そこがカップルの幸せ。一方通行でもないし、義理でおつきあいすることもないし、思い切って賛同できて共有できるというのが楽しい。

槙村　基礎でもっていなきゃいけないのは、肯定感。そういう安心感が絶対に必要だと思いますね。そうすればなんでもない時間や一杯のお茶だけでも幸せになっていける。そういう人だったら他人ともつながれるし、ふたりでも「なんかうまいね、このお茶」みたいな幸せにも進んでいくよね。

否定感の強い人は、どんなに幸せなシチュエーションでもツラそうで緊張してるし、はたから「あなた、幸せね」って言われても、「えっ!?そうなの?」という感じで、幸福感が味わえない。他人からどんなふうに見えるかということばかりに一生懸命になってバカな時間を過ごしちゃって。

レベルの低い人って人の幸せとかもねたんだりするしね。ねたむというのは、ものすごい負のエネルギーだから、ちょっと逆方向に使ったら?と思うんだけど。退屈でからだが詰まっちゃってるんだろうね。

キム　私が一番イヤな女は〝不幸運〟をもっている女ですよね。運の強い人、幸福のエネルギーをもっている人は、一杯のお茶とか水、一輪の花に感動する。それからエネルギーをもらったり、太陽を見ても、猫が歩くところを見ても、すぐその場で反応できたりして、すべてのものを自分に取り入れてキャッチボールできる。槇村さんは、そこを見てはうまくチェックして、きちんとボールを投げ返すんですよね。

槇村　生活の中に幸福を見つけられる人が幸福な人♡

あとがき

キム・ミョンガン

漫画家の東海林さだおさんが、「小さな子供を連れて歩いている夫婦を見ると、とても恥ずかしい」と書いていたのを想い出します。「私たちがセックスしました」と証拠物件を連れて歩いているようなものだからです。

この本もややそれに近い物件という気がします。

だいいち、私と槇村さんがケンカ別れしないという保証がありません。近未来に。この本が出る頃には離別しているかもしれません。読者が「よくまァ別れたふたりがこんなことを図々しく言っていたもんだワ」と思っても仕方ありません。

私としてはそうならないよう、逃げられないよう精進あるのみでしょうか。合掌。

ふたりでこのような本を出すのは、医者と坊主が結託しているようで、不気味です。

どうせ私のファンと槇村さんのファン数を対比すれば、彼女のが8割で私が2でしょう。彼女のファンにとっては、生の声を聞いているみたいでいいのではないでしょうか。しょせん、私は脇役、スパイス、刺身のツマでいいのです（笑）。これ本音です。

槙村邸に居る二匹の先輩、猫のタマとコンに次ぐ、三匹目というか三人目のペットでいいんです。まァ多少ゼニのかかるペットでしょうか。いいんです、ペットで！（絶叫）

お願いです、読者の皆様。この本を重く読まないでください。男と女の仲をあまり強く重く深刻に考え過ぎないでください。

二度も三度も死亡することは無理ですが、男女は何度もくっついたり離れたりできるのです。なんとスバラシイッ！

マジメなマジメな読者のために、私の座右の銘を紹介します。

〝男女の仲は、深きと申しましても、たかが15センチ前後〟

〝心に愛がなければ、どんなに長いチンポコも、相手の子宮に届かない、かも〟

〝恋という字を、墨で書く、筆には狸《たぬき》の毛が混じる〟

〝親しき仲にも、前戯あり〟

親類、世間体、道徳、戸籍なんか気にすることはありません。好きなように生きてください。いつも心に太陽と財布に多少のお金があればいいじゃありませんか。

人生の国民健康保険証なんか捨てるべきです。自分で生きていくのです。世のため人のためにも、好きなことをやってワガママで元気に暮らしてください。私みたいに（笑）。

この作品は二〇〇二年二月、海拓舎より刊行されました。

集英社文庫　目録（日本文学）

ピーター・フランクル　僕が日本を選んだ理由《わけ》　世界青春放浪記2
保坂展人　いじめの光景
保坂展人　学校は変わったか
保坂展人　続・いじめの光景
星野智幸　ファンタジスタ
細川布久子　部屋いっぱいのワイン
細谷正充・編　時代小説傑作選　江戸の老人力
細谷正充・編　新選組傑作選　誠の旗がゆく
細谷正充・編　時代小説傑作選　江戸の爆笑力
細谷正充　宮本武蔵の『五輪書』が面白いほどわかる本
細谷正充・編　時代小説傑作選　江戸の満腹力
堀田善衞　若き日の詩人たちの肖像（上・下）
堀田善衞　バルセローナにて
堀田善衞　キューバ紀行
堀田善衞　スペイン断章(上)(下)
堀田善衞　橋上幻像

堀田善衞　広場の孤独　漢奸
堀田善衞　めぐりあいし人びと
堀田善衞　ミシェル　城館の人　第一部　争乱の時代
堀田善衞　ミシェル　城館の人　第二部　自然　理性　運命
堀田善衞　ミシェル　城館の人　第三部　精神の祝祭
堀田善衞　ラ・ロシュフーコー公爵傳説
堀辰雄　風立ちぬ
堀越千秋　アンダルシアは眠らない　フラメンコ狂日記
堀越千秋　スペインうやむや日記
堀越千秋　スペイン七千夜一夜
本多勝一　北海道探検記
本多孝好　MOMENT
本間洋平　家族ゲーム
牧野修　忌まわしい匣《はこ》
槇村さとる　イマジン・ノート
槇村さとる／キム・ミョンガン　あなた、今、幸せ？

松井今朝子　非道、行ずべからず
フレディ松川　少しだけ長生きをしたい人のために
フレディ松川　死に方の上手な人　下手な人
フレディ松川　老後の大盲点
フレディ松川　ここまでわかった　ボケる人　ボケない人
フレディ松川　好きなものを食べて長生きできる　長寿の新栄養学
フレディ松川　60歳でボケる人　80歳でボケない人
フレディ松川　はっきり見えた　ボケの入口　ボケの出口
松樹剛史　ジョッキー
松樹剛史　スポーツドクター
松原英多　ガンの噂　ウソ・ホント
松本侑子　巨食症の明けない夜明け
松本侑子　植物性恋愛
松本侑子　偽りのマリリン・モンロー
松本侑子　美しい雲の国
松本侑子　花の寝床

集英社文庫　目録（日本文学）

- モンゴメリ　松本侑子・訳　赤毛のアン
- モンゴメリ　松本侑子・訳　アンの青春
- 三浦綾子　裁きの家
- 三浦綾子　残像
- 三浦綾子　果て遠き丘
- 三浦綾子　石の森
- 三浦綾子　天の梯子
- 三浦綾子　ちいろば先生物語(上)(下)
- 三浦綾子　明日のあなたへ
- みうらじゅん　とんまつりJAPAN　日本全国とんまな祭りガイド
- 見川鯛山　田舎医者
- 見川鯛山　本日も休診
- 見川鯛山　山医者のうた
- 三木卓　砲撃のあとで
- 三木卓　はるかな町
- 三木卓　馭者の秋
- 三木卓　野鹿のわたる吊橋
- 三木卓　裸足と貝殻
- 三木卓　柴笛と地図
- 水上勉　白《はく》蛇《じゃ》抄《しょう》
- 水上勉　良寛を歩く
- 水上勉　一休を歩く
- 水上勉　山の暮れに
- 水上勉　失われゆくものの記
- 水上勉　負《おい》籠《ご》の細道
- 水上勉　骨壺の話
- 水上勉　故郷
- 水口義朗　解体珍書
- 美空ひばり　川の流れのように
- 三田誠広　いちご同盟
- 三田誠広　春のソナタ
- 三田誠広　父親学入門
- 三田誠広　ワセダ大学小説教室　天気の好い日は小説を書こう
- 三田誠広　ワセダ大学小説教室　深くておいしい小説の書き方
- 三田誠広　ワセダ大学小説教室　書く前に読もう超明解文学史
- 三田誠広　星の王子さまの恋愛論
- 三田誠広　永遠の放課後
- 光野桃　妹たちへの贈り物
- 光野桃　ソウルコレクション
- 皆川博子　薔薇忌
- 皆川博子　骨笛
- 皆川博子　ゆめこ縮緬
- 皆川博子　花闇
- 峰隆一郎　人斬り弥介
- 峰隆一郎　平三郎の首　人斬り弥介その二
- 峰隆一郎　暗鬼の剣　人斬り弥介その三
- 峰隆一郎　修羅が疾《はし》る　人斬り弥介その四
- 峰隆一郎　斬《ざん》刃《じん》　人斬り弥介その五

集英社文庫

あなた、今《いま》、幸《しあわ》せ？

2005年6月25日　第1刷
2006年7月9日　第6刷

定価はカバーに表示してあります。

著　者　槇《まき》村《むら》さとる
キム・ミョンガン

発行者　加藤　潤

発行所　株式会社　集英社
東京都千代田区一ツ橋2―5―10
〒101-8050
電話　03（3230）6095（編　集）
03（3230）6393（販　売）
03（3230）6080（読者係）

印　刷　中央精版印刷株式会社　株式会社美松堂
製　本　中央精版印刷株式会社

ISBN4-08-747833-5 C0195